Benjamin Stomberg

Von Wächtern
& Wirklichkeit

© 2013-2016 Benjamin Stomberg
Herstellung und Verlag: BoD – Books on Demand, Norderstedt
ISBN 978-3-7322-4125-5

Bibliografische Information der Deutschen Nationalbibliothek

Die Deutsche Nationalbibliothek verzeichnet diese Publikation
in der Deutschen Nationalbibliografie; detaillierte bibliografische
Daten sind im Internet über www.dnb.de abrufbar.

Für mein Kind

I

Sophia schlief noch tief und fest, als sich der erste Morgenschein behutsam auf ihre Nase niederlegte. Hatte er bereits gute 148 Millionen Kilometer hinter sich gelassen, sich durch einen Schleier goldbrauner Blätter und einer dichten Regenwand hindurch drängen müssen, um hier in ihr Zimmer zu gelangen, so war es die Mühe wert gewesen. Er war angekommen und hüllte Sophias Nase in ein sanftes Licht. Doch selbst nach dieser langen Reise konnte auch er nur erahnen, in welch friedlichen Träumen sich dieses kleine Mädchen gerade tummelte, und so war es jener Moment, der Sophia ein zufriedenes Lächeln aufs Gesicht zauberte.

»Sophia? Sophia!«

Erschrocken richtete sie sich auf, ihre Welt noch halb im Schlaf.

»Du hast schon wieder verschlafen, du kommst zu spät zur Schule!«

Weit und breit war niemand zu sehen, und außer den Sonnenstrahlen, die immer noch die Dunkelheit in ihrem Zimmer zu brechen versuchten, erinnerte nichts mehr an Ruhe und Zufriedenheit.

»Sophia! Hörst du nicht?«

Noch ganz benommen setzte Sophia sich auf die Bettkante, rieb sich die Augen, streckte ihre Arme und gähnte ausgiebig. Es war ihre ganz eigene

Art den Tag zu begrüßen.

Von draußen her preschte der jaulende Wind gegen ihre Fenster. Es kam ihr vor, als wolle er sich mit aller Gewalt einen Weg zu ihr bahnen. Einen Augenblick lang lauschte sie gebannt seiner Klage.

Er scheint wohl auch ein wenig Ruhe zu brauchen, dachte sie, als sie es aus der Küche rascheln und klimpern hörte.

»Du bist immer noch nicht angezogen. Beeile dich bitte.«

Lustlos schlenderte Sophia ins Badezimmer. Es hätte nicht viel gefehlt, und sie wäre über ihr zu langes Nachthemd gestolpert. Der Boden unter ihren nackten Füßen war eiskalt. Sie drehte den Wasserhahn auf und blickte in den Spiegel. Wer war das? Dieses Mädchen sah noch mehr als verschlafen aus. Husch, zurück ins Bett, dachte sie bei sich.

»Ich muss schon gleich wieder zur Arbeit!«, schellte es aus der Küche.

Einige Spritzer kaltes Wasser halfen dabei, den Schlaf aus ihrem Gesicht zu spülen.

»Wach steht es sich aufrecht viel besser«, kicherte sie ihrem Spiegelbild entgegen, und sie war kaum fertig damit, dieser wundersamen Gestalt ihr gegenüber Grimassen entgegenzuwerfen, da drängte sich der Geruch von verbranntem Toast auch schon in ihre Nase und machte ihr schlagartig bewusst, was sie heute in der Küche erwarten würde.

Keine Minute später stand sie mit trostloser Miene vor ihrem Kleiderschrank. Ihre Großmutter hatte ihr den Schrank vermacht. Er war alt, uralt. So wie die

Mutter der Mutter von der Großmutter, oder so ähnlich. Sophia hatte das nie genau verstanden. Er roch jedenfalls sehr alt, und so streifte sie sich, eher widerstrebend als beglückt, ein grünes Kleid über. Ihre Mutter hatte es ihr geschenkt, zusammen mit den braunen Schuhen, die sie eigentlich gar nicht leiden mochte, doch behielt sie das lieber für sich. Etwas unbeholfen tappte sie in ihrem neuen Schuhwerk in die Küche.

Ihre Mutter saß bereits am Tisch, blätterte in der Zeitung und nippte nervös an einer Kaffeetasse.

»Da bist du ja endlich. Ich habe dir Toast gemacht.«

Sophia setzte sich ihr gegenüber und starrte auf den Teller. Ihre Mutter konnte wirklich keinen Toast zubereiten, und so schmierte sie sich eine extra Schicht Butter auf die schwarzbraune Scheibe vor ihr.

»Hast du gut geschlafen, Liebes?«

Sophia nickte und kaute betrübt an ihrem Brot. Seit sie vor einem Jahr in diese Stadt gezogen waren, wirkte ihre Mutter von Tag zu Tag nervöser. Sie knabberte an ihren Fingernägeln und trank bedeutend mehr Kaffee, als sie es sonst tat. Sophia hatte den Verdacht, dass es an der neuen Arbeitsstelle liegen musste. Was ihre Mutter dort machte, hatte sie aber nicht genau verstanden. Hin und wieder kamen Männer mit dunklen Mänteln und Taschen unter ihren Armen in die Wohnung. Dann saßen sie in der Küche und schoben eine Vielzahl von Papieren hin und her. Die meiste Zeit aber war sie in einem Büro am Ende der Stadt.

»Ich muss jetzt gehen.« Ihre Mutter zog sich einen langen schwarzen Mantel über und klemmte sich eine Tasche unter ihren Arm.

»Vielleicht können wir später noch etwas unternehmen.«

Scheinbar abwesend zuckte Sophia mit ihren Schultern und starrte schweigend in den Raum.

Sie küsste ihre Tochter auf die Wange und verließ die Wohnung in Eile.

»Bitte keinen Toast«, flüsterte sie ihrer Schultasche entgegen, in der Hoffnung, ihre Mutter hätte ihr dieses Mal etwas anderes zu essen eingepackt.

Als Sophia an diesem Morgen aus der Wohnung stolzierte, hoffte sie, dass dies ein guter Tag werden würde. Die zahllosen Treppen, die vom fünften Stock des Wohnblocks ins Erdgeschoss führten, waren für sie keine Anstrengung mehr. Mit Leichtigkeit stahl sie sich an den alten Gestalten im Treppenflur vorbei. Nur die große Haustür ließ sich heute schwer öffnen. Sie gab sich die größte Mühe und stemmte ihren ganzen Körper gegen das harte Holz. Ihr schien es wie ein Wettstreit. Ein kleines Kind auf der einen Seite, der Wind und sein Tosen auf der anderen, doch vermochte sie sich Schritt für Schritt zu behaupten. Sophia konnte die Straße bereits erkennen, als der Wind ihr einen kühlen Schauer entgegenpreschte.

»Was für ein schlechter Verlierer«, schimpfte sie.

An diesem Morgen war der Regen schon sehr fleißig gewesen. In den riesigen Pfützen spiegelten sich die Menschen und Häuser. Autos schoben größere Wassermassen vor sich her. Fontänen taten sich zu den Seiten auf und begruben die Gehwege unter sich. Sophia stand seelenruhig in all dem Nass und betrachtete dieses

Schauspiel mit einem breiten Grinsen, denn auch wenn sie nur ein kleiner Beobachter war, so sah sie es doch stets als etwas Großes an, wenn Wasser so ausgiebig tanzte und frohlockte.

Plötzlich hörte sie aus der Ferne ein Donnern. Es waren die Schulglocken, die jeden Morgen mit ihrem eindringlichen Lärm zum Unterricht läuteten.

Die Schule lag nicht weit entfernt, doch hatte sie sich bereits zu viel Zeit gelassen. Sie dachte nicht an ihre Mutter, die wieder sauer werden würde, vielmehr waren es die vorwurfsvollen Blicke der Lehrer, sowie das Lachen ihrer Mitschüler, die ihre Schritte in Eile versetzten. Auch wenn sie erst die zweite Klasse besuchte, das Schulleben hatte sie sich weitaus lustiger vorgestellt.

Bereits als sie das Klassenzimmer betrat, ging ein breites Flüstern und Kichern durch den Raum.

»Seht euch das Kleid an«, munkelte es aus einer der Ecken.

Sophia war es gar nicht aufgefallen, ihr Kleid hatte sich bis zu ihren Knien mit Wasser vollgesaugt. Sämtliche Augen waren auf sie gerichtet, und so häuften sich die wenigen Schritte zu ihrem Tisch ins Endlose und schienen genauestens überwacht. Dort angekommen setzte sie sich, richtete ihr Kleid und starrte schweigend aus dem Fenster. Als ihr Lehrer sich ihr näherte, senkte sie ihren Blick. Mit seiner dunklen, verrauchten Stimme ermahnte er Sophia, sie solle doch genauer auf die Uhr schauen und in Zukunft besser aufpassen. Es sei schließlich ausgesprochen unhöflich, wenn man andere auf einen warten ließe. Sein dunkler Anzug stank nach Zigarettenrauch, und seine gelben Zähne erweckten den Eindruck, als wären sie schon Hunderte von Jahren alt. Sophia nickte höflich und hüllte sich für den Rest des Unterrichts in Schweigen.

In den kostbaren Pausen saß sie die meiste Zeit auf einer alten Holzbank, die im hinteren Teil des Schulhofes stand und langsam vor sich hin dorrte. Sie beobachtete die anderen Kinder, wie sie auf dem Hof herumtollten und Verstecken oder Fangen spielten, hielt aber immer genug Abstand, um den spöttischen Blicken und Bemerkungen, über ihre Kleidung oder ihren Vorlieben, aus dem Weg zu gehen. Sophia fragte sich oft, warum die anderen Kinder so gemein zu ihr waren. Ihre Kleider unterschieden sich eigentlich nicht von denen der anderen. Und was ihre Vorlieben betraf, so war es für sie überhaupt nicht ungewöhnlich, einfach nur dazusitzen und die Umgebung zu betrachten. Am liebsten beobachtete sie den Baum in der Mitte des Schulhofes. Man hatte ihn vor Monaten dort hingebracht. Ein tiefes Loch hatten sie gegraben, Männer in orangefarbenen Jacken und mit Helmen auf. Sie alle hatten einfach zugesehen, wie dieses Ungetüm aus Stahl den Boden mit seinem langen Metallarm aufgerissen hatte. Sophia kam das sehr merkwürdig vor, denn als sie den Baum eingesetzt hatten, spannten sie einen dünnen Zaun aus Draht um ihn herum, zum Schutz vor den Kindern. Sie fragte sich oft, was der Baum wohl dachte und ob es ihm nicht besser gefallen würde, wenn der Zaun ihn nicht so einengen würde. Sie mochte den Baum, und wenn der Wind nicht allzu kräftig blies, tänzelten und rauschten seine Zweige voller Stolz vor den Augen seiner Betrachter.

Als es am späten Nachmittag zum Schulschluss klingelte, wartete sie, bis die Massen von Schulkindern an ihr vorbei gehuscht waren. Heute entschied sie sich für einen längeren Heimweg, der sie hinter der Schule entlangführte. Vielen Schülern wurde es von ihren Eltern verboten, diese Straße zu nehmen, da dort seltsame Gestalten, mit schlechten Zähnen, üblem Geruch und Löchern in den Kleidern, hausten. So erzählten es sich die Mitschüler. Sie hatte nie so recht verstanden, was die Erwachsenen damit eigentlich meinten.

Die verfallenen Häuser waren ihr nicht fremd. Viele von ihnen hatten Risse und Löcher im Mauerwerk. Die Fenster waren zersplittert, und dennoch lebten Menschen in diesen Gebäuden. Durch die Dächer schimmerte das Sonnenlicht, und an trüben Tagen bahnte sich der Regen seinen Weg durch die undichten Stellen. Sophia fragte sich oft, warum sie nicht auch in ihrer Wohnung solche Löcher hatten, dann könnten sie tagsüber die Sonne und des Nachts den Mond hereinlassen. Einige der Bewohner winkten ihr zu, andere beachteten sie schon gar nicht mehr. Manchmal schrien sie oder schimpften mit ihr. Einmal hatte sogar jemand einen Stein nach ihr geworfen, der sie nur knapp verfehlte. Heute jedoch blieb es ruhig in den Mauern. Sophia winkte den Menschen zu und ging weiter ihres Weges.

Der viele Regen, der sich heute Morgen noch breit über die Straßen gelegt hatte, war bereits verschwunden.

»Ob er dort unten auch tanzen kann?«, fragte Sophia sich, als sie einen der Abflussdeckel der Straße beobachtete, wie dieser gierig das Regenwasser verschlang.

Im Treppenhaus wurde sie von einer alten, buckligen

Frau empfangen. Es war Frau Klein. Ihre langen, weißen Haare erinnerten sie an die Vorhänge in ihrem Klassenzimmer. Sie waren zwar nicht genau so lang, aber mindestens genauso alt.

»Hallo Kleines«, so begrüßte sie Sophia jedes Mal, wenn sie sich trafen. Dass sie es nicht leiden konnte, so genannt zu werden, behielt sie aber stets für sich.

»Deine Mutter hat mich angerufen. Sie kommt wieder später. Wenn du magst, kannst du so lange bei mir bleiben und auf sie warten.«

Es kam oft vor, dass ihre Mutter bis spät in die Nacht arbeitete. Frau Klein sollte dann auf sie aufpassen oder jedenfalls hin und wieder nach ihr sehen. Sophia mochte Frau Klein, doch fand sie, dass es in ihrer Wohnung seltsam roch, nach muffigen Kleidern und Staub, nach alten, längst vergangenen Tagen. Außerdem redete sie ihr zu viel. Also lächelte sie ihr zu, zog es aber vor, alleine auf ihre Mutter zu warten und schloss die Wohnungstür hinter sich. Durch das Schlüsselloch konnte sie Frau Klein beobachten, wie sie sich, an ihren Gehstock klammernd, mit winzigen Schritten in ihre Wohnung zurückschlich.

»Ein so verschwiegenes Kind ist mir noch nicht untergekommen«, murmelte sie und schüttelte den Kopf.

Eigentlich ist Frau Klein gar nicht so klein, sie geht nur immer so krumm, dachte Sophia bei sich.

An diesem Nachmittag saß sie eine ganze Weile an ihrem Fenster und beobachtete verträumt die Welt dort draußen. Bis hin zur frühen Abendstunde saß sie dort, als sich die Straßenlaternen entzündeten und anfingen, Schatten zu jagen. Zu sehen gab es nicht allzu viel, für die meisten Leute jedenfalls. Sophia fand immer etwas, was sie zum Staunen und Nachdenken brachte.

Einmal hatte sie ihren Nachbarjungen dabei beobachtet, wie er in seinem Zimmer saß und gebannt in einen kleinen Kasten starrte, der einem Bilder zeigte, die sich zu bewegen schienen. Später kam der Vater und setzte sich zu ihm, und dann die Mutter, und auch sie setzte sich vor diesen kleinen Kasten und lachte. Bis heute hatte Sophia nicht herausfinden können, wobei es sich bei diesem kleinen Kasten handelte. Die Kisten in ihrer Wohnung waren alle leer, ohne bunte Bilder.

Ihr schweifender Blick erwachte jedoch augenblicklich, als ein lauter Knall, ganz dicht neben ihr, sie aus ihrem Tagtraum zurückholte. Erschrocken sprang sie auf. Das Fenster, es war an der unteren Ecke gesprungen. Sophia betrachtete das kaputte Glas genauer und konnte deutlich einen kleinen Riss erkennen. Sie öffnete das Fenster und schaute hinunter auf die Straße. Dort unten auf dem Gehweg, machte sie die Umrisse eines kleinen schwarzen Dinges aus. Sie war sich nicht sicher, was es war, von so weit oben konnte sie es nicht genau erkennen. Rasch zog sie sich ihre Schuhe über und öffnete die Tür zum Treppenhaus. Ihre Schritte setzte sie behutsam einen vor den nächsten, stets bedacht, Frau Klein und die anderen Bewohner nicht zu stören. Unten angekommen, streckte sie ihren Kopf an der großen Haustür vorbei. Auf der Straße war niemand zu sehen, und so pirschte sie dem merkwürdigen Ding mit pochendem Herzen entgegen, als ihr urplötzlich der Atem stockte. Zu ihren Füßen lag ein schwarzer Vogel. Ganz reglos ruhte er dort auf dem nassen Gehweg, seine

Flügel weit von sich gestreckt. Sie schnappte sich einen kleinen Stock, welcher dicht bei der Laterne lag, und versetzte dem Vogel einen sanften Stoß. Er bewegte sich nicht. Nicht die kleinste Regung war zu erkennen. Sophia begann zu zittern bis tief in ihren Bauch. Wie gebannt starrte sie auf das leblose Tier. Es war ihr, als wollte sie flüchten, aber es sollte nicht gelingen. Hilfesuchend blickte sie über die leeren Straßen. Sie konnte den Vogel doch nicht einfach hier liegen lassen. Ganz alleine, hier im Dunkeln. Da kam ihr eine Idee. Erneut schlich sie das Treppenhaus hinauf und stöberte in ihrem alten Kleiderschrank nach einem passenden Behältnis, gerade groß genug für den Vogel. Als sie die knirschende Schranktür öffnete, fiel ihr Blick sogleich auf eine alte Holzkiste. Es war die Kiste, in der sie die Bilder ihres Vaters aufbewahrte. Er hatte sie ihr damals aus dunklem Kirschholz geschreinert, und jedes Mal, wenn Sophia sie öffnete, schwebten ihr die Gerüche der Bilder in die Nase, und jeder Duft brachte seine eigene Erinnerung.

Sie zögerte eine Weile, schüttete die Bilder letztlich auf ihr Bett und folgte den Treppen zurück auf den Gehweg. Ganz vorsichtig legte sie das leblose Tier in die Kiste und versicherte sich, dass sie auch niemand beobachtete. Zurück in ihrem Zimmer versteckte sie die Kiste schließlich unter ihrem Bett. Ihre Mutter sollte sie unter keinen Umständen finden, sie hätte bestimmt etwas dagegen gehabt und nur wieder Erwachsenenfragen gestellt. Am morgigen Tag würde sie die Kiste im großen Wald, abseits der Stadt, vergraben. Es verging noch einige Zeit, bis Sophia endlich Ruhe fand. Erst Stunden später, weit nach Mitternacht, öffnete ihre Mutter die Tür und fand ihre Tochter friedlich träumend in ihrem Bett vor, begraben unter einer Decke aus Bildern, die aus vergangenen Zeiten erzählten.

II

»Immer dann, wenn alles schwarz wird, hat man Gelegenheit sich eine neue farbenfrohe Welt in all das Dunkel zu malen.«

Sophias Vater hatte es schon immer verstanden, ihr die Welt auf so einleuchtende Weise zu erklären. So war es nicht verwunderlich, dass sie sich an diesem Morgen nur schwer dazu entschließen konnte zu erwachen. Doch ob es nun an der hellen Morgensonne lag, dem lauten Ruf ihrer Mutter oder ihr einfach nur die Farben ausgegangen waren, für Sophia sollte der Tag beginnen. Wer schon einmal blitzartig aus tiefem Wohlgefühl erwachte, der kann wohl ungefähr erahnen, wie ihr in diesem Moment zumute war.

»Sophia, raus aus dem Bett du Schlafmütze, hörst du? Sophia!« Mit äußerstem Nachdruck schellte es aus der Küche. Hatte ihre Mutter vergessen, dass heute keine Schule war? Es war einer der seltenen Tage, an dem sich die Lehrer zu einer großen Versammlung zusammenscharrten. Einige Kinder behaupteten, sie würden hinter geschlossenen Türen über jedes einzelne Kind sprechen, und manchmal müssten sogar die Eltern kommen. Sophia dachte selten über solche Dinge nach, sie freute sich insgeheim auf etwas anderes, denn schon am Vormittag würden die Straßen dieser kleinen Stadt vom lautstarken Getümmel spielender

Kinder zum Leben erweckt werden.

»Liebes, ich muss jetzt zur Arbeit. Auf dem Tisch steht etwas zu essen für dich. Frau Klein wird ab und an nach dir sehen.«

Ihre Mutter schien heute besonders in Eile zu sein, denn kaum hatte Sophia sich aus ihrem Bett gerekelt, da hörte sie die Wohnungstür schon zuknallen.

»Sie hat es vergessen«, flüsterte sie enttäuscht. An diesem Morgen stand sie eine ganze Weile am Fenster und sah ihrer Mutter nach. Sie ging immer denselben Weg in das Büro am Ende der Stadt, und selbst als sie schon lange nicht mehr zu sehen war, blickte Sophia ihr noch suchend hinterher.

Der Vormittag schleppte sich nur schwer voran. Der erwartete Auftakt von kreischenden Kindern blieb ebenso aus, wie ein gemeinsames Frühstück mit ihrer Mutter. Nur hin und wieder konnte sie ein paar Kinder dabei beobachten, wie diese versuchten, den grauen Asphalt unter selbst gemalten Bildern aus bunter Kreide zu verstecken.

Das Wort »Langeweile« mochte Sophia nicht. Sie konnte sich schon immer sehr gut alleine beschäftigen, und wenn sie nicht gerade die Welt aus ihrem Fenster heraus beobachtete, wühlte sie in ihrer großen Kleiderkiste. Auch diese hatte sie von ihrer Großmutter geschenkt bekommen. Kleider bewahrte sie in ihr jedoch schon lange nicht mehr auf. Stattdessen hatte Sophia die Kiste in all den Jahren mit allen möglichen kleinen Dingen gefüllt. Steine, die für sie besonders aussahen, einige mit Kerben andere mit bunten Punkten. Kleine Metallteile, Sprungfedern oder Zahnräder, von denen einige bereits kupfern schimmernden Rost angesetzt hatten. Die alten Glasmurmeln, die sie sich, seit sie hier her gezogen waren, Tag für Tag auf dem Schulhof zusammengesammelt hatte, warfen ihr ihren Glanz entgegen. All diese Dinge sah sie sich nun genauer an, stets auf der Suche nach etwas, was sie einzigartig machten.

Als Frau Klein am späten Nachmittag in Sophias Zimmer kam, um nach ihr zu sehen, fand sie diese auf ihrem Bett sitzend, vertieft in eine Hand voll Fotos, die um sie herum auf dem Bett verteilt lagen. Sie bemerkte nicht einmal, dass sie beobachtet wurde. Frau Klein hatte sich vergewissert, dass es ihr gut ging, und ließ Sophia in ihrer Gedankenwelt zurück. Hätte sie genauer hingesehen, so wäre ihr ein Mädchen aufgefallen, dem kleine Tränen vom Gesicht fielen.

Erst als die Sonne sich zur Ruhe bettete, erwachte Sophia aus ihren Erinnerungen. Das beständige Tosen des Windes brachte sie dazu, das Kreisen ihrer Gedanken zu durchbrechen, lockte sie in ihrer Neugier, und als sie aus dem Fenster schaute, fiel ihr Blick unweigerlich auf den kleinen Riss an der unteren Ecke des Glases.

Innerhalb weniger Sekunden wiederholte sich der gestrige Abend vor ihren Augen. Die schwarze leblose Gestalt, das Zittern ihres Körpers und schließlich, die Kiste. Die Schwere des Morgens hatte es sie ganz vergessen lassen.

Ganz unmerklich näherte sich ihr starrer Blick dem Boden unter ihrem Bett. Die Kiste, sie war noch genau da, wo sie sie am Abend zuvor abgestellt hatte. Draußen begannen die Laternen ihre Arbeit zu verrichten. Jede von ihnen hielt einen kegelförmigen Schimmer aufrecht und drängte die Dunkelheit von sich. Zielstrebig zog Sophia sich ihren braunen Mantel über, schlüpfte in ein paar alte Schuhe und verließ in aller Stille die Wohnung. Sie wollte auf keinen Fall gesehen oder gehört werden. Weder von Frau Klein noch von den anderen Nachbarn. Ihre Mutter sollte es nicht erfahren. Die Kiste trug sie bei sich, fest umklammert von ihren kleinen Händen.

Auf den Straßen waren nur vereinzelnd Menschen unterwegs. Wahrscheinlich sitzen alle vor den Kästen mit den Bildern, dachte Sophia bei sich.

Der Wald lag nicht weit entfernt. Sie brauchte nur der großen Straße folgen, die schon ihre Mutter in Eile entlang gelaufen war. Kurz vor der alten Mühle, die ihre beständigen Schatten über die Ortsgrenze warf, führte ein alter sandiger Weg über eine kleine Wiesenlandschaft in den großen Wald hinein. Den Kindern war es strengstens untersagt worden, hier zu spielen, schon gar nicht ohne Aufsicht der Erwachsenen und erst recht nicht, wenn es bereits dunkel war. Warum man es ihnen verboten hatte, konnte Sophia nicht verstehen. Hier, am Rande des Waldes, hatte sie schon so viele erstaunliche Dinge für ihre Kleiderkiste gefunden.

Tiefer in den Wald, traute sie sich allerdings nicht. Sie blieb stets in der Nähe des großen Steintores. Es wurde bereits vor langer Zeit, hier am Rande des Waldes, erbaut. Frau Klein hatte es ihr einmal erzählt. Auch, dass damals noch ein weiter Zaun aus kleinen Ziegeln den Wald von den Wiesen abgrenzte. Dieser war aber schon seit längerer Zeit nicht mehr vorzufinden. Nur das Steintor ragte noch aus dem Boden empor, von Moos besiedelt und allerhand winziger

Lebewesen bewohnt.

»Am Ende einer jeden Angst wartet etwas Wundervolles auf dich.«

Die Worte ihres Vaters drängten sich ihr unweigerlich ins Gedächtnis, als sie durch das Steintor blickte. Zwei kleine Laternen schwankten vom großen Torbogen hinab und zerstreuten ihr unruhiges Licht in die weite Waldlandschaft. Sophia klammerte ihre Finger fest um die kleine Kiste, durchschritt das Tor mit vorsichtigen Schritten und nährte sich dem dunklen Dickicht.

Was sollte im Dunkeln schon anders sein als bei Tag, dachte sie und beschleunigte ihren Schritt. Je weiter sie sich jedoch vom Steintor entfernte, desto dunkler wurde es. Der Schimmer der kleinen Laternen reichte nicht bis in den Wald hinein. Nur der aufsteigende Mond schien ihr ein wenig Licht spenden zu wollen.

Sophia überlegte, ob sie weiter gehen sollte. Sie blickte tiefer in den Wald, und es schien ihr, als würden sich ihre Augen langsam an die Finsternis gewöhnen, konnte sie die Umrisse der großen Bäume doch schon deutlicher erkennen. Die Kiste fest an sich gedrückt, hielt sie nach einem geeigneten Platz Ausschau.

Ein kleines Stück weiter erblickte sie schließlich einen ungewöhnlich großen Stamm, und als sie sich ihm näherte, konnte sie ihren Augen kaum trauen. Sie blickte hinauf, aber der Stamm schien kein Ende zu haben. Er verlor sich gänzlich im dunklen Himmel über ihr. So etwas hatte sie noch nie zuvor gesehen. Sie beschloss, den Vogel hier zu begraben. Zu den Wurzeln dieses Riesen. So könnte sie das Grab jederzeit wiederfinden und ab und an eine Blume oder etwas Ähnliches herbringen. Zum Gedenken an den Vogel. Der Waldboden war ziemlich locker, und so dauerte es nicht allzu lange, bis sie mit ihren Händen ein kleines Loch gegraben hatte. Behutsam legte sie die Kiste hinein und beobachtete diese eine ganze Zeit lang mit starrem Blick.

»Leb wohl lieber Vogel«, sprach sie schließlich und streute die umherliegende Erde über die Kiste.

Auf einmal zuckte sie zusammen. Irgendetwas schien an ihrem Nacken hochzukrabbeln. Blitzartig drehte sie sich um, in der Hoffnung, dieses Etwas würde von ihr ablassen, doch war es immer noch da, zudem spürte sie das Krabbeln nun auch auf ihren Armen und Beinen. Ihr Blick zerstreute sich ins umliegende Dunkel. In der Ferne erkannte sie das Steintor mit den Laternen, und sie rannte so schnell sie nur konnte den Lichtern entgegen. Beinahe wäre sie über einen großen herumliegenden Ast gestolpert, doch ließen sich ihre Schritte nicht beirren. Erst als sie unter dem Tor stand, erkannte sie, was dort so stetig an ihr festhielt. Eine Vielzahl von kleinen Käfern. Sophia schüttelte sich so kräftig, dass die kleinen Krabbler von ihr abließen und rings um sie herum die Flucht ergriffen.

»Macht euch nur aus dem Staub«, schimpfte sie ihnen hinterher und kämmte sich mit den Fingern durch die Haare, um auch den letzten dieser Störenfriede ausfindig zu machen. Plötzlich spürte sie, wie sich ein kühler Hauch auf sie niederlegte, der sie bis ins Mark hinein frösteln ließ. Der Mond hoch über ihr versteckte sich hinter einem grauen Wolkenteppich und ließ sie zitternd dort unten zurück.

»Was passiert hier?«, flüsterte sie und rieb sich ihre dünnen Arme, als sich eine tiefe Stimme langsam, aber beständig an ihr Ohr drängte.

»Komm bald wieder!«, brummte sie.

Sophia dachte an die verrauchte Stimme ihres Lehrers. Ihr Herz begann wie wild zu schlagen. Sie blickte zurück in den Wald. Niemand war zu sehen.

»Wer bist du?«, schrie sie den Bäumen wagemutig entgegen, doch blieben sie ihr eine Antwort schuldig. Erst als sie dem Schimmern der Laternen den Rücken kehrte, gab sich die Stimme ein weiteres Mal zu hören.

»Komm bald wieder!«

Sophias Atem verflüchtigte sich. Für einen kleinen Moment hielt sie still, um sich zu beruhigen. In der Ferne konnte sie bereits die Umrisse der alten Mühle erkennen.

»Wann?«, rief sie und rieb sich ihre kalten Hände.

»Beim nächsten Vollmond«, erwiderte die Stimme ein letztes Mal, als sie langsam verstummte und gänzlich in der Dunkelheit des Waldes verschwand.

III

Die gestrigen Ereignisse rissen Sophia regelrecht aus dem Schlaf. Einen kleinen Augenblick lang dachte sie daran, sich das alles nur eingebildet zu haben. Das schimmernde Licht am großen Torbogen, die Käfer, die flüsternde Stimme, doch wenn es nur Einbildung gewesen war, wieso schlug ihr Herz dann so wild? Ihr Nachthemd, es war ganz verschwitzt, und die kühle Morgenluft lag wie ein eisiger Schauer auf ihrer Haut. Sie rieb sich die Hände und hauchte ihnen ihren warmen Atem entgegen.

Vielleicht sollte ich es Mutter erzählen, dachte Sophia, streifte sich ein neues Nachthemd über und schlüpfte in ihre Pantoffeln, und als sie ganz unverhofft einen Blick aus dem Fenster warf, hielt sie einen Moment inne. Dort draußen, jenseits ihres Fensters, flog eine Schar von bunten Blättern durch die Luft. Mit großer Sorgfalt geleitete sie der Wind vorbei an den Laternen, den großen Werbesäulen und bettete sie sanft auf dem Gehweg nieder, nur um sie gleich darauf erneut zum Tanz aufzufordern. Mit einem breiten Grinsen kehrte sie diesem Schauspiel den Rücken und machte sich auf in die Küche.

Irgendetwas war seltsam an diesem Morgen. Es war ihr vorher gar nicht aufgefallen, aber es herrschte Stille in der Wohnung, und als sie die Tür zur Küche öffnete, fiel ihr Grinsen schlagartig zu Boden. Es war niemand da. Verwundert schaute sie im Schlafzimmer ihrer Mutter nach, ob diese vielleicht heute verschlafen hatte, doch auch hier war keine Menschenseele. Zurück in der Küche, entdeckte sie eine Nachricht, die unter einer Vase mit frischen Blumen geklemmt war.

Sophia, Liebes,
ich musste heute leider schon sehr früh aus dem Haus. Ich habe Frau Klein gebeten, auf dich aufzupassen, und ich möchte, dass du zu ihr gehst und bei ihr bleibst, wie wir es besprochen haben. Am Sonntagabend bin ich wieder da. Im Kühlschrank wartet eine Überraschung auf dich.

Ich habe dich lieb, Mama

Zaghaft gleitete das Papier auf den Tisch nieder. Ihre Mutter hatte ihr schon letzte Woche davon erzählt. Ein Treffen in einer großen Stadt, mit wichtigen Menschen aus dem Büro. Sophia hatte es ganz vergessen. Als sie den Kühlschrank öffnete, strahlte sein helles Licht in ihre verschlafenen Augen. Es schien, als würde die Kälte sie nicht im Entferntesten berühren. Nicht einmal der große Sckokoladenkuchen konnte sie aufmuntern.

Sophia schlenderte zurück in ihr Zimmer. Draußen wehten immer noch die Blätter an ihrem Fenster vorbei, doch konnte sie sich dieses Mal nicht an ihnen erfreuen. Sie bemerkte nicht einmal, dass sich Tränen in ihren Augen sammelten. Ihr Blick starrte ins Endlose, die

Gedanken getaucht in vergangene Tage. Sie dachte an ihren Vater, wie lange es schon her war, dass er sie verlassen hatte.

Ein lautes Klopfen und Rufen ließ sie jedoch aufhorchen.

»Sophia? Bist du da?«

»Frau Klein macht sich sicher Sorgen«, flüsterte sie den Blättern entgegen und lief mit bedrückter Miene auf den Hausflur hinaus.

»Da bist du ja«, begrüßte Frau Klein sie freundlich. »Komm nur rein, Kleines. Wir werden uns schon ein paar schöne Tage machen.«

Sophia schloss die Tür hinter sich und folgte Frau Klein in ihre Wohnung. Zaghaft setzte sie ihre Schritte über eine zerfranste Fußmatte, und kaum da sie die Wohnung betreten hatte, kroch ihr ein modriger Geruch in die Nase.

Die Zimmer hier schienen größer zu sein als in ihrer Wohnung, verloren jedoch viel an Raum, denn überall standen Tiere herum. Hunde, Katzen, Vögel, selbst ein ausgewachsener Hirsch fand dort in mitten des Wohnzimmers einen Platz. Stolz balancierte er ein riesiges Geweih auf seinem Kopf. Sophia erschrak, als sie in die Augen eines keifenden Fuchses blickte. Man hatte ihn an die Wand gehängt. Für einen kleinen Augenblick dachte sie, er hätte ihr aufgelauert und würde jeden Augenblick auf sie zuspringen.

»Vor denen musst du dich nicht fürchten, Kleines«, beruhigte sie Frau Klein. »Sie sind nicht lebendig. Mein Heiner hat sie alle ausgestopft. Verstehst du?«

Sophia wusste bereits um ihren Mann. Frau Klein

erzählte nahezu jedes Mal von ihm. Er war Jäger gewesen und deshalb selten zu Hause. Eines Tages erhielt sie eine Nachricht, dass er verschollen sei und man ihn nicht mehr auffinden könne. Frau Klein dachte aber immer er sei irgendwo im Wald verstorben, bei einer seiner großen Jagden.

»Der Hirsch, der Hirsch war seine größte Trophäe«, erzählte sie und streichelte dem Tier die Nase. »Komm mit, ich mache uns ein paar Kekse und Milch, du magst doch Milch?«

Sophia nickte höflich und sah dem Hirsch wie gebannt in seine schwarzen leblosen Augen, während Frau Klein mit kleinen Schritten in die Küche verschwand.

Den ganzen Tag über erzählte Frau Klein Geschichten aus ihrem Leben. Wie sie bereits als Kind Schönheitswettbewerbe gewonnen hatte, in jungen Jahren die Welt umreiste und dass sie in Frankreich für eine lange Zeit in einer Bäckerei gearbeitet hatte. Nach unzähligen Keksen später, kam sie schließlich wieder auf ihren Mann zu sprechen.

»Mein Heiner war Jäger. Habe ich dir schon von ihm erzählt?«

Sophia nickte freundlich. In dieser Wohnung steht die Zeit still, dachte sie, als sie aus dem Küchenfenster starrte.

»Eines Abends hatte er mich ganz schick ausgeführt«, fuhr Frau Klein fort, »wir spazierten einen langen Strand entlang. Es war sehr romantisch.« Sophia fiel es immer schwerer ihren Ausschweifungen zu folgen. »Wir saßen die ganze Nacht an diesem Strand und beobachteten den vollen Mond. Er schien genau so hell wie der

Mond dort draußen.« Sie blickte hinauf und deutete auf die helle Kugel am Abendhimmel.

Plötzlich zuckte Sophia zusammen.

»Was ist mit dir, Kind?«, wunderte sich Frau Klein, die sich um Sophias Aufmerksamkeit verloren fühlte.

Der Vollmond. Sollte sie sich bei Vollmond doch wieder im Wald einfinden. So hatte es die Stimme von ihr verlangt.

»Geht es dir nicht gut?«, fragte sie.

Sophia hatte keine Ahnung, was sie sagen sollte, aber auch keine Lust, nach Erklärungen zu suchen, und so rannte sie aus der Wohnung, vorbei an dem Hirsch und dem Fuchs an der Wand. In ihrem Zimmer suchte sie sich ein paar passende Schuhe, zog sich ihren Mantel über und sah noch einmal aus dem Fenster. Die Nacht schien nicht mehr lange auf sich zu warten. Eines war sicher. Sie wollte unbedingt herausfinden, was es mit der seltsamen Stimme auf sich hatte, und so lief sie rasch die Treppen des Hausflures hinunter. Noch im Vorbeigehen konnte sie Frau Klein aus ihrer Wohnung schimpfen hören: »Dieses merkwürdige Kind!«

Auf den Straßen war weit und breit kein Mensch zu sehen, und der Weg zur alten Mühle war zudem ausgiebig beleuchtet. So erreichte sie das große Steintor ohne große Mühe. Als Sophia unter dem Bogen aus Stein stand, merkte sie, wie ihre Knie erneut anfingen zu zittern. Hatte sie sich hier doch erst kürzlich von den Käfern befreit. Für einen kurzen Augenblick spürte sie das Krabbeln an ihren Beinen.

Sicherlich würde die Stimme gleich erneut zu ihr sprechen.

Ihr Blick richtete sich starr auf das Dickicht vor ihr. Ihre Augen hatten sich abermals an die Dunkelheit gewöhnt, und der Mond schien heute besonders standhaft auf all das, was unter ihm lag. Doch das Geflüster blieb fern. Nur das Rascheln einzelner Bäume war zu hören. Sophia dachte an das Grab des Vogels. Vielleicht sollte sie es noch einmal aufsuchen. Der Mond stand bereits hoch über den Bäumen, und es war ihr, als wolle er sie einladen, näher zu kommen. Sein beständiger Schimmer gab ihr ein Gefühl von Schutz und Sicherheit, und so beschleunigte sie ihre Schritte.

Es dauerte nicht lange, bis sie den großen Stamm wiedergefunden hatte. Er war immer noch gewaltig, und selbst jetzt, wo der Mond heller schien als gewöhnlich, konnte sie das Ende des Baumes nicht erkennen. Sophia suchte auf dem Boden. Das Grab war noch da. Der kleine Haufen Erde war noch genauso, wie sie ihn am Vorabend verlassen hatte. Eine ganze Zeit lang stand sie am Grab des Tieres und blickte suchend in die Waldlandschaft, doch auch jetzt war von der Stimme nichts zu hören.

Es war ganz sicher alles nur Einbildung, dachte sie und kehrte dem Grab enttäuscht den Rücken. Sie spürte, wie die Wut sie aufwühlte. Wie konnte sie das alles nur für wirklich gehalten haben? In ihrem Zweifel griff sie nach einem herumliegenden Ast und schlug ihn mit aller Kraft gegen einen dicken Baum, der gleich neben ihr aus dem Erdboden emporragte. Mit einer donnernden Wucht prallte der Ast gegen die alte Borke und brachte Sophia beinahe zu Fall. Ein weiteres Mal holte sie aus, doch gerade als sie zuschlagen wollte, vernahm sie plötzlich ein lautes Brüllen.

»Was ist das?«, knurrte eine dunkle Stimme.

Der Boden unter Sophias Füßen bebte. Ruckartig wich sie zurück, als die Äste des dicken Baumes anfingen, wie wild um sich zu schlagen.

»Wer ist dort? Wer stört meinen Schlummer?«, knurrte die Stimme mit langen Atem in die Nacht hinaus.

Sophia erschrak so sehr, dass sie hinfiel. Vom Boden aus erblickte sie den dicken Baum schließlich in seiner ganzen Pracht, mit seinen nun weit ausgestreckten Ästen und Zweigen. Dort, in der Mitte seines Stamms, schien sich etwas zu bewegen, und es kam ihr vor, als würden sie zwei leuchtende Augen unabdinglich anstarren.

»Wer seid ihr?«, klang es aus Richtung des Baumes, und wieder beugte sich dort etwas langsam auf und wieder ab.

»Ich bin Sophia, ein Mädchen aus der Stadt«, erwiderte sie mit zitternder Stimme.

»Ein Mädchen?« Die Lichter leuchteten nun heller, und einige der Äste beugten sich ihr knarschend entgegen. »Ihr seid ein Mensch!«

»Ja, das bin ich!, erwiderte sie. »Doch wer bist du?«

»Wer ich bin, fragt das Menschenkind.« Die Stimme flüsterte eine Weile unverständlich vor sich hin, als sie urplötzlich anfing laut zu gähnen. Sophia hielt sich die Ohren zu, doch konnte sie spüren, wie dieses laute Geräusch ihre Knie zum Zittern brachte. »Nun, ich habe keinen Namen, denn ich brauche keinen Namen.« Ein erneutes Gähnen ließ den Waldboden erschüttern.

»Doch nennt man mich in eurer Sprache wohl Baum.«

Sophia richtete sich auf. »Dann warst du es. Du warst es, der mich gerufen hat.«

Der Baum schwieg. Nur ein leises Murmeln und Getuschel war zu vernehmen. Nach einer Weile der Besinnung sprach er zu ihr. »Gerufen habe ich jemanden, und wie es scheint, habt nur ihr es vernommen. Ihr müsst wissen, ich rufe schon seit geraumer Zeit.«

Da ertönte wieder dieses lautes Geräusch, doch klang es diesmal mehr nach einem Niesen, und als Sophia hinunterblickte, erkannte sie, wie abermals eine Schar von Käfern an ihr emporkletterte. Erschrocken wich sie zurück und schüttelte sich.

»Oh, habt keine Angst, kleiner Mensch. Das geschieht mir des Öfteren, dann stürmen diese kleinen Tiere einfach so aus mir heraus. Sie werden euch aber kein Leid zufügen.«

Sophia kam das alles sehr merkwürdig vor.

»Dann niest du kleine Käfer?«, fragte sie entsetzt.

»Wenn ihr es so seht. Ja, da habt ihr wohl recht«, antwortete der Baum beschämt, und schaute mit gesenktem Blick zu ihr hinab. Für einen Moment überkam Sophia der Gedanke, dass der Baum etwas Böses im Schilde führte. Nachdem sie sich von den Käfern befreit hatte, ging sie mit kleinen, aber entschlossenen Schritten auf den Baum zu.

Die Augen leuchteten immer heller. Sophia streckte ihre Hand aus. Die harte Haut des Baumes war grob und uneben. Ab und an krabbelten kleine Insekten über ihre Handfläche hinweg, und sie hörte den Baum knurren, als sie ihn nun auch mit der anderen Hand berührte und sich an der dicken Rinde entlangtastete. Sophia war überwältigt, es fühlte sich so lebendig an. Plötzlich hielt sie inne und wich zurück. Erneut gab der Baum ein lautes Niesen von sich, gefolgt von einer Vielzahl kleinerer Insekten. Dieses Mal konnte sie ihnen jedoch ausweichen.

»Geht es dir gut?«, fragte sie besorgt.

»Macht euch keine Sorgen, kleiner Mensch. Ich werde die Zeit noch überdauern, wenn ihr diese Welt bereits verlassen habt«, erwiderte er und gab abermals ein leises Knurren von sich. »Ihr ward es, der den Vogel hier begraben hat.« Die Zweige deuteten auf das kleine Grab zu den Wurzeln des riesigen Stammes.

Sophia wusste nicht recht, was sie sagen sollte, doch fielen ihr in diesem Augenblick die Worte ihres Vaters ein, und sie wusste, was sie zu tun hatte, denn im Zweifelsfall solle man doch immer die Wahrheit sagen. So hatte es auch ihr Vater immer getan.

»Ja, das stimmt. Ich habe den Vogel hier hergebracht. Er ist verunglückt«, sprach sie zögerlich, und es kam ihr vor, als würde der Baum sie anlächeln.

»Es war klug von euch, ihn hier herzubringen. So wird er wieder ein Teil des Waldes. Seht!«

Mit voller Wucht stieß der Baum einige seiner Zweige in den Boden, und als er sie wieder herauszog, wirbelte er den Waldboden auf, dass all die Erde durch die Luft flog und langsam auf die beiden hinunter prasselte.

»Auch der Vogel wird nun zu Erde und dem Wald wieder nützlich. So war es seit jeher, und so wird es immer sein.«

Sophia nickte erstaunt und beobachtete das

Schauspiel. Ihre Kleider waren nun ebenfalls mit Erde übersät, und in ihren Haaren hatten sich kleinere Äste verfangen.

»Oh, verzeiht. Wie ungeschickt von mir. Eure Kleider, sie sind nun gänzlich verschmutzt«, sprach der Baum verlegen.

Sie lachte und schüttelte den Schmutz von sich. »Das macht mir nichts aus.«

»Wirklich? Nun, das wird für euch von großem Vorteil sein, wenn ihr mir fortan eure Hilfe gewährt.«

Für einen kurzen Moment sah sie den Baum verwundert an, konnte sich gegen ihrer Neugier aber nicht lange behaupten.

»Was meinst du damit?«

Plötzlich merkte sie, wie etwas nach ihr griff. Einige seiner Zweige legten sich um ihre zierliche Gestalt und hielten sie fest umschlungen.

»Nun, Menschenkind. Ihr seid bei Vollmond hier erschienen, so wie ich es euch aufgetragen hatte, was bedeutet, dass ihr bereit seid.«

Der feste Griff des Baumes, machte ihr das Luft holen schwer, und sie merkte, wie ihre Knie wieder anfingen zu zittern.

»Bereit? Wofür denn bereit?«

Der Baum erlöste Sophia aus seinem Griff und deutete mit seinen Zweigen zum alten Steintor und seinen Laternen.

»Seht genau hin, Menschenkind. Seit geraumer Zeit geschehen merkwürdige Dinge jenseits dieses Tores. Dinge, die selbst ich mir nicht zu erklären wage. Ich kann diesen Ort jedoch nicht verlassen, meine

Wurzeln dringen tief.«

Sophia merkte, wie der Baum hin und her schwankte und versuchte seine Wurzeln zu lösen, doch es gelang ihm nicht.

»Was soll ich tun?«, fragte sie mit pochendem Herzen.

»Seid wachsam. Schon bald wird sich euch jemand zu erkennen geben und euch den Weg weisen. Habt Vertrauen.«

Mit einem seiner kleineren Zweige streichelte er Sophia sanft über die Wange.

»Nun geht und ruht. Ihr werdet eure Kräfte noch brauchen, wenn es so weit ist.«

Mit schmutzigen Kleidern stand sie da, im düsteren Dickicht des Waldes. Die Augen, die sie vor Kurzem noch so fesselnd angestarrt hatten, waren erloschen. Die Zweige wurden nun wieder allein vom Winde getragen. Sophia staunte noch eine ganze Weile, bis sie dem Baum schließlich den Rücken kehrte.

Ratlos durchschritt sie das Tor und machte sich auf den Heimweg, während der volle Mond hoch oben noch über sie wachte.

IV

Helles Licht. Blendend helles Licht. Sophia hielt sich den Arm schützend vors Gesicht. Die Sonne schien so stark, dass sie große Mühe hatte, auch nur irgendetwas zu erkennen. Eine flüsternde Stimme schlich sich an ihr Ohr und sprach zu ihr.

»Mein Herz!«

Sophia spürte, wie sich tief in ihrem Bauch eine wohlige Wärme ausbreitete. Dieses Flüstern, dieser beruhigende und sanfte Tonfall. Er war ihr so vertraut.

Da sah sie ihn plötzlich vor sich. Er saß auf einer Decke, mitten in einem grasgrünen Feld, das sich rings umher ins Endlose verlor.

Der Geruch des taufrischen Grases ließ Sophia regelrecht aufleben, und als ihr Vater sie aus der Ferne zu sich rief, durchströmte sie eine Welle des Glücks.

»Mein Herz, ich vermisse dich so sehr!« Wie hatte sie sich nach diesen Worten gesehnt.

Sophia rannte mit einer solchen Hast auf ihren Vater zu, dass sie kaum die Balance halten konnte und über ihre kleinen Füße stolperte.

»Papa«, rief sie ihm entgegen und begann zu weinen. Sie lief und lief, doch kam ihm nicht näher. Bei jedem Schritt den sie setzte, blieb er in der Ferne zurück.

»Papa«, schluchzte sie erneut, und ihr Blick weitete sich in ein entsetztes Staunen, als sich plötzlich eine riesige Wand aus Bäumen hinter ihrem Vater auftat. Er stand auf, blickte zu Sophia hinüber und lief der dunklen Waldlandschaft mit kleinen Schritten entgegen.

Sophia winkte ihm zu. »Nein, nein! Geh nicht dort hin!« Doch er hörte sie nicht. Seine Schritte führten ihn immer dichter an den Waldrand, und je näher er den Bäumen kam, desto dunkler wurde es. All das Licht wich der Finsternis, bis ihr Vater schließlich im Wald verschwand und Sophia verzweifelt im Dunkeln nach Halt suchte.

»Papa«, schrie sie auf und schaute verwirrt um sich.

Ein helles Licht, ein Pult, zudem eine Schar von Schülern, die sie schockiert anstarrten. Sophia brauchte einen Moment, um sich zu sammeln, als es ihr schlagartig bewusst wurde. Sie hatte geträumt.

»Sophia, hast du etwa geschlafen?«

Der üble Gestank von Zigarettenrauch kroch in ihre Nase.

»Lass dir eines gesagt sein!« Mit einer gewaltigen Wucht raste die geballte Faust des Lehrers auf ihr Pult herab. »In meinem Unterricht wird nicht geschlafen, und du tätest gut daran, dich nicht noch einmal dabei erwischen zu lassen.«

Sophia zuckte zusammen, und ihre Mitschüler fingen an laut zu lachen. Mit seinen vergilbten Fingern zeigte ihr Lehrer auf die Tür.

»Geh auf den Flur, für Schlafmützen habe ich hier keinen Platz.«

Sophia nahm ihre Schultasche und schlängelte sich mit gesenktem Kopf an ihren Mitschülern vorbei.

Auf dem großen Flur herrschte Stille. Im blank

gebohnerten Boden spiegelten sich die Deckenleuchten, deren kaltes Licht sich in den Weiten des Korridors verlor. Sophia setzte sich und fing an zu weinen. Mit dem Rücken an der Wand, ihre Beine ganz dicht an sich gedrückt, starrte sie aus den riesigen Fenstern, die ihr gegenüber lagen. Immer wieder flüchteten sich ihre Gedanken in die gerade geträumten Geschehnisse. Sophia fragte sich oft, warum etwas, das nicht wirklich geschehen war, sich dennoch so wirklich anfühlen konnte.

Sie beobachtete das rege Treiben dort draußen und wischte sich die Tränen aus ihrem Gesicht. Der kräftige Wind wirbelte allerhand Laub und kleine Sandkörner gegen die Fenster. Sie trommelten ein stetiges Konzert, dessen Klänge sich allmählich im kahlen Flur ausbreiteten.

Plötzlich horchte sie auf. Ein Geräusch. Es klang wie ein Schrei, jedoch nicht von einem Menschen. Sie blickte um sich, war aber nach wie vor die Einzige auf dem Flur. Der viele Sand und die Blätter erschwerten die Sicht nach draußen. Selbst als sie ganz dicht vor dem großen Fenster stand und das kalte Glas an ihren Händen spürte, musste sie sich um jeden klaren Blick gedulden. Sie hätte schwören können, dass sich gerade etwas auf den Ästen des einsamen Baumes niedergelassen hatte. Da hörte sie erneut dieses Geräusch. Ein raues Krächzen, einsam und bittend. Schließlich legte der Wind sein Tosen nieder und gewährte ihr eine deutlichere Sicht auf den Innenhof.

Voller Inbrunst schüttelte der einsame Baum den aufgewühlten Sand von seinen Ästen. Dort sah sie ihn.

Auf dem höchsten Punkt des Astgerüsts hatte er sich niedergelassen. Ein schwarzer Vogel. Aus der Ferne sah er dem, den Sophia im Wald begraben hatte, sehr ähnlich. Dieser jedoch machte einen mächtigeren Eindruck. Sein Kleid schmückten lange schwarze Federn, viel länger, als Sophia es von anderen Vögeln her kannte. Stolz hielt er die Balance auf den schmalen Ästen, die sich im Wind auf und ab bewegten. Es schien ihn nicht zu stören. Er hob seinen Schnabel und krächzte laut in den Wind, bis er Sophia mit seinen tiefschwarzen Augen erspähte. Wie gebannt erwiderte sie seinen Blick, und es kam ihr vor, als würde der Vogel zu ihr sprechen. Nicht mit Worten, doch in einer Sprache, die direkt in ihr Herz zu gelangen versuchte. Sophia spürte erneut diese Wärme in sich, als der Schwarze abermals laut krächzte und seine gewaltigen Flügel ausbreitete.

In diesem Moment öffnete sich die Tür zum Klassenzimmer, und ihr Lehrer trat heraus.

»Sophia«, hörte sie ihn brüllen, »komm sofort wieder herein!«

Als sie das aufgedunsene Gesicht ihres Lehrers bemerkte, lief ihr ein eisiger Schauer den Rücken hinunter. Mit wankenden Schritten kam er auf sie zu. Sophia schnappte sich ihre Schultasche und rannte auf den Hof hinaus, dem einsamen Baum entgegen. Der schwarze Riese streckte sein Gefieder, und als er Sophia auf sich zu rennen sah, sprang er mit einem Ruck von den Ästen hinab und stieg in die Lüfte, seinen Blick nicht von ihr lassend.

Sie hatte nur eine vage Ahnung, doch folgte sie diesem Gefühl und so dem fliegenden Riesen, der darauf bedacht war, stets in ihrer Sichtweite zu bleiben. Nicht all zu hoch, nicht all zu schnell. So führte er sie vom Schulhof fort, vorbei an den alten heruntergekommenen Häusern mit den winkenden Menschen. Vorbei an den Straßenlaternen, der alten Mühle, hinaus aus der Stadtmitte auf ein abgelegenes Feld.

»Wo bin ich hier?«, rief sie dem schwarzen Riesen entgegen, als ihr schlagartig klar wurde, dass sie hier noch nie zuvor einen Fuß gesetzt hatte. Ihr Begleiter hatte es sich mittlerweile auf einem hölzernen Pfahl gemütlich gemacht und putzte ausgiebig sein Gefieder, selbst Sophias Fragen schienen ihn in diesem Moment nicht von seinem Ritual abzubringen.

»Du bist schon ein seltsamer Vogel.«

Um sie herum erstreckte sich ein Meer von grünem Gras, das sich nur vage gegen den Wind behaupten konnte. Sophia kam dieser Ort so vertraut vor, als ob sie ihn schon vorher einmal erlebt hätte. Eines jedoch war ihr gänzlich neu: In der Ferne entdeckte sie eine Hütte. Sie stand dort mitten auf dem Feld an einen riesigen Baum gelehnt. Mit vorsichtigen Schritten und den Wind stets im Rücken nährte sie sich der Hütte, durch das kniehohe Gras hindurch, als sich ihr Blick erneut in Staunen verlor. Irgendetwas war merkwürdig an dieser Hütte und dem Baum, denn eigentlich stand sie nicht direkt bei dem Baum, vielmehr stand sie um den Baum herum. Sophia hatte große Schwierigkeiten zu erkennen, wo die Hütte aufhörte und der Baum anfing. Es hatte den Anschein, als hätte der riesige Stamm sich mit der Hütte verschmolzen und sich durch das Dach gewachsen. So etwas hatte sie noch nie zuvor gesehen.

Das ist bestimmt ein Verwandter des alten Baumes, dachte sie.

An der Vorderseite entdeckte sie eine kleine Terrasse. Ein paar schmale Holzpfähle, die ein dünnes Dach aufrecht balancierten. Die Hütte selbst war aus einer Vielzahl kleinerer Steine errichtet worden und musste wohl schon eine sehr lange Zeit hier stehen, denn sie war über und über mit Moos bedeckt. Vereinzelte Löcher im Mauerwerk ließen auf so etwas wie Fenster deuten. Aus ihnen drängten sich die starren Äste des seltsamen Baumes. Eine Tür suchte sie vergebens, nur einige breite Nischen luden zum Betreten der seltsamen Hütte ein.

»Ob hier noch jemand wohnt?«, flüsterte sie dem kalten Stein entgegen und riskierte zögernde Schritte in die Hütte. Zu ihrer Verwunderung konnte man nicht allzu viel erkennen. Unzählige Spinnweben und das dicke Astgewirr machten es dem Licht nahezu unmöglich, hier Einlass zu gewinnen. Nur ab und an schafften es einige beständige Strahlen, sich gegen den grauen Schleier hindurch zu behaupten. Die Luft in der Hütte war recht dünn und roch seltsam. Sie roch alt. Sie roch verbraucht, wie in der Wohnung von Frau Klein.

Vor ihr erstreckte sich der riesige Stamm. Er hatte sich elegant, an all dem Stein und den hölzernen Balken vorbei, durch das Dach gebohrt. Verwundert rieb sie sich die Augen und blickte um sich. Auf einmal schien ihr alles so verschwommen. Ihre kleinen Füße irrten in der Hütte umher. In diesem Moment dachte sie an ihr Bett. Ihre warme, kuschelige Decke, den Schokoladenkuchen im Kühlschrank. Selbst verbrannter Toast würde ihr gerade recht sein. Vielleicht ein paar Kekse mit Milch bei Frau Klein, dazu die Geschichten über ihren Mann, doch als sie ihre Augen öffnete, stand sie noch immer inmitten der seltsamen Hütte. Für einen kleinen Augenblick hatte sie sich fortgeträumt.

Hier lebt bestimmt niemand mehr, dachte sie, als sich plötzlich an der hinteren Wand etwas ruckartig bewegte und ihre Aufmerksamkeit weckte. Mit jedem Schritt, den sie setzte, wirbelte sie eine große Menge Staub auf. Er bedeckte den Boden, wie es der Sand in der Wüste tat.

Schließlich gab die seltsame Hütte ihr Geheimnis preis. Aus der Wand heraus hatten sich zahllose Pflanzen einen Weg durch den festen Stein gebahnt. Ein Wechselspiel aus roten, blauen und gelben Blüten reihte sich aneinander und schenkte diesem trostlosen Ort ein wenig Farbe.

»Ein Garten an der Wand«, flüsterte sie voller Bewunderung.

Zwischen dem Farbenteppich hingen lange, graugrüne Ranken schlaff von der wunderbaren Wand hinab. Sophia musste aufpassen, dass sie nicht aus Versehen auf eine von ihnen trat, denn sie konnte ihren Blick nur schwer von all dem bunten Gewächs lassen. Selbst ihre Nase erfreute sich an dem lebendigen Geruch, der sie den tristen Staub des Bodens schnell vergessen ließ.

Plötzlich spürte sie, wie etwas nach ihren Füßen griff und sie fest an Ort und Stelle umschlungen hielt. Ihre Beine fingen an zu zittern und wurden von Sekunde zu Sekunde schwerer. So gefesselt blieb ihr nur der Blick auf den Boden. Es waren die Ranken, die zuvor noch leblos zu ihren Füßen lagen. Ganz allmählich schlängelten sie sich an ihren Knöcheln vorbei zu ihren Knien hinauf. Ihr Herz schlug wie wild.

»Hört auf damit!«, rief sie verzweifelt, doch die grauen Schlangen wollten ihr nicht gehorchen.

Mit aller Kraft versuchte sie sich ihren festen Griff zu entziehen, aber sie waren zu stark für sie.

»Was wollt ihr von mir?.« Sie begann zu weinen, als die Ranken nun auch an ihren Händen und Armen zerrten und sie langsam näher an die Wand heranzogen. Die bunte Farbenpracht hatte schlagartig ihre Faszination verloren.

»Papa, Papa!«, schluchzte sie den Pflanzen entgegen, bis diese schließlich ihr kreischendes Gesicht umschlungen hatten und sie gänzlich in dem wundersamen Garten verschwand.

V

Als Sophia erwachte, spürte sie einen starken Schmerz am Kopf. Ihr ganzer Körper schien so schwer, wie unter Stein gesetzt. Ihr Blick irrte auf der Suche nach Anhaltspunkten, die ihr klar machen sollten, wo sie sich gerade befand.

Wo immer sie auch war, dieser Ort ließ nicht weit blicken. Die warme, feuchte Luft machte es ihr zudem schwer, frei zu atmen. Noch ganz benommen versuchte sie sich aufzurichten, konnte sich jedoch nur schwankend auf den Beinen halten. Verwundert blickte sie um sich. Auf dem Boden reihte sich eine Vielzahl kleiner bläulich schimmernder Steine. Winzige Kiesel, umhüllt von seichtem Nebelschleier. Sie leuchteten gegen die engen Wände aus Stein und Erde, und verrieten, dass es sich um eine Art Höhle handeln musste. Von der Decke tropften vereinzelnd kleinere Wasserkristalle, sie zerschellten auf dem harten Boden in hallendes Klirren. An einer der Wände erkannte sie die Ranken wieder, und sie erinnerte sich schlagartig an den seltsamen Garten und daran, dass sie geschrien hatte. Vorsichtig berührte sie eine der Ranken, doch hingen diese nun völlig reglos von der Wand. Dieser Ort machte ihr Angst.

Die schimmernden Kieselsteine bildeten eine lange Kette und lockten tiefer in die Höhle. Es führte kein anderer Weg hinaus, und so folgte sie dem blauen Schimmer. Weiter als eine gute Armlänge ließ der Nebel jedoch nicht blicken, und so setzte sie ihre Schritte mit Bedacht an den schmalen Höhlenwänden entlang, dicht gefolgt von einem beständig klirrenden Echo.

Sophia hatte jedes Gespür von Stunden und Minuten verloren. Seit sie sich aufgemacht hatte, dem seltsamen Vogel zu folgen, schien sich die Zeit nur noch in Momenten zu zeigen. So auch hier, in der abgelegenen Dunkelheit des schmalen Ganges, offenbarten sich in recht regelmäßigen Abständen immer die selben Bilder. Dort gab es Pilze, übersät von leuchtend grünen Punkten. Schritte weiter taten sich merkwürdige Malereien an den Felswänden auf. Jemand hatte sie hier wohl schon vor langer Zeit auf dem Stein hinterlassen. Sophia konnte nur nicht genau erkennen, was die seltsamen Figuren darstellen sollten. Sie erkannte nur ein paar Wellenlinien und etwas, das aussah wie eine schwebende Kugel. Ein paar Schritte weiter hörte man wieder das Klirren.

Sie glaubte, sich im Kreis zu bewegen. Nur der blaue Dunst hielt beständig seine Richtung, und sie folgte ihm weiter. Vorbei an den Pilzen, den Malereien, dem Klirren. Den Pilzen, den Malereien, dem Klirren. Den Pilzen, den Malereien, dem Klirren.

Nach nunmehr unzähligen Schritten spürte sie, wie ihre Kraft sie langsam verließ, und ihr wurde bewusst, dass sie nur noch von Augenblick zu Augenblick irrte.

Nur einen kleinen Moment ausruhen, dachte sie und setzte sich auf einen größeren Stein, als der blaue Dunst ebenfalls haltmachte und ihren rastlosen Körper in sanftes Leuchten hüllte.

Sie atmete tief ein. Es war ihr vorher gar nicht aufgefallen, die Luft war ganz unmerklich kälter geworden. Ihre Lippen zitterten, als sie ihren eisigen Atem an ihnen vorbei hauchte. Selbst auf ihrem Rücken konnte sie das Frösteln spüren. Merkwürdige Laute ließen sie jedoch urplötzlich aufhorchen. Sie klangen wie Stimmen, ein zartes Geflüster, das sich mit langem Echo in den schmalen Gängen entfaltete. Sie konnte nicht genau verstehen, was sie von sich gaben, doch folgte sie diesem eigenartigen Flehen gebannt durch die engen Korridore, die sich nun öffneten und von Schritt zu Schritt immer breiter wurden. Die beständige Dunkelheit zog sich in die Höhle zurück. Sophias Augen blickten schwer und fassungslos zugleich. Vor ihr erstreckte sich eine weite Lichtung, eingeschlossen von einer Wand aus Bäumen, die dicht aneinandergereiht ihr ausschweifendes Astgewirr über einen großen See legten.

Ein Teppich aus weißem Nebeldunst hatte sich über das ruhige Gewässer gebettet und hüllte es in tiefes Träumen.

Sophia rieb sich den Bauch. Sie spürte eine wohltuende Wärme, die sich tief aus ihr heraus einen Weg durch ihren Körper bahnte. Ihr war, als wolle sie sich dieser Stille hingeben und in ihr versinken, als würde sie ein lang ersehnter Wunsch locken.

Und tatsächlich. Dort, in der Mitte des Sees war etwas. Sophia konnte zwar nicht sehr weit blicken, doch erkannte sie zwei kleine Lichter, die ganz andächtig auf dem Nebelteppich balancierten. Ein Glitzern, wie funkelndes Diadem.

Da vernahm sie wieder das Flüstern, dieses Mal jedoch viel eindringlicher.

»Dunkelwacht«, ertönte es rings um die Lichtung, und die Bäume wiederholten es im Kanon.

Das Wort wurde von einer anmutig weichen Stimme gesprochen, so zart, dass es den Anschein erweckte zu zerbrechen, würde man es auch nur ein wenig lauter sprechen. Sophia stockte der Atem. Dort auf dem Wasser schienen sich die hellen Punkte zu sammeln. Der Nebeldunst zog sich zusammen und hüllte die Lichter in einen weißen Schleier. Völlig unscheinbar zeichneten sich nun grobe Konturen ab. Sie erkannte zwei Arme, einen Rumpf und einen Kopf dort zwischen den Schultern. Doch wo waren die Beine?

Der Torso aus Nebelschwaden schwebte ruhig und besonnen über dem See. Die beiden Lichter schienen der Gestalt als Augen zu dienen, und Sophia hatte den Eindruck, dass die beiden funkelnden Punkte sie in diesem Augenblick anstarrten. Sie merkte, wie ihre Beine anfingen zu zittern, wie einst bei ihrer ersten Begegnung mit dem alten Baum. Das seltsame Wesen streckte einen seiner Arme aus und deutete auf Sophia, während es langsam auf sie zu schwebte.

»Dunkelwacht«, hallte es wieder von den Bäumen, und je näher das Wesen kam, desto lauter und eindringlicher durchdrangen sie diese Worte. Erst als die Gestalt vor ihr haltmachte, wurde es still um sie herum. Die funkelnden Lichter erloschen und der Nebel formte der Gestalt ein Gesicht.

Gebannt stand Sophia in dem kühlen Nass an den Ufern des Sees. Für einen kleinen Augenblick dachte sie daran, das alles nur zu träumen, und jeden Moment würde sie in ihrem warmen Bett aufwachen. Doch sie erwachte nicht. Die beiden sahen sich schweigend an. Sie erkannte nun ganz deutlich ein Gesicht. Ein scheinbar trauriges Gesicht. Der Blick ganz leer, die Lippen hingen freudlos unter einer breiten Nase.

»Wieso bist du so traurig?«, flüsterte sie der Gestalt entgegen.

Der Nebel starrte sie weiter schweigend an.

»Hast du Schmerzen?«, sprach sie, doch blieb ihr die Gestalt wieder eine Antwort schuldig.

Vorsichtig streckte Sophia ihre Hand und versuchte den Nebel zu berühren. Der weiße Schleier ließ sich jedoch nicht erfassen, er umhüllte ihre kleine Hand lediglich mit seinem tristen Dunst.

»Meinen Schmerz kann man nicht greifen«, ertönte es ringsum. Der Nebel breitete seine Arme aus, und ein lautes Brüllen preschte auf die Lichtung ein. Erst langsam beruhigte sich die Gestalt, bis seine Arme wieder lustlos ins Wasser baumelten. Sophia schreckte zurück.

»Bist du ein Geist?«

Sie hatte schon vorher diesen Verdacht, war sich aber nicht sicher. Ihr Vater hatte ihr einst Geschichten über Geister erzählt. Sie seien nur schwer zu sehen und würden einen des Nachts heimsuchen, hieß es dort.

»Ich weiß es nicht«, seufzte die Gestalt. Ihre Augen starrten trostlos durch Sophia hindurch.

Vereinzelnd fielen bläulich schimmernde Punkte von dem schleierhaften Gesicht und plätscherten auf das Wasser. Sophia bückte sich, griff nach einem dieser Punkte und hielt ihn zwischen ihren kleinen Fingern.

Merkwürdig! Sie sahen den kleinen Kieseln aus der Höhle sehr ähnlich.

»Du weinst die kleinen Steine. Es sind deine Tränen«, flüsterte sie. »Aber wieso bist du so traurig?«

»Ich trauere. Ich halte Wacht.«

Sophia blickte verwundert drein.

»Was meinst du damit?«, erwiderte sie, und erneut streckte der Nebel seinen Arm.

Er deutete weit auf den See, und das Plätschern der Tränen wurde nun immer eindringlicher, als sie ringsumher abermals tief flüsternde Stimmen vernahm.

Dunkelwacht
So lief ich einst
Dem hellen Tag entgegen
Da traf ich ihn am Uferstand
Dem Rande eines Sees gelegen
Hat sein lebhaft Blick
ganz unscheinbar verloren
Und all das Träumen
Lieblich gedacht ins Morgen
liegt versunken nun
Im dämmernd tiefen Nass verborgen

Ganz unmerklich verstummte das Echo weit hinter den Bäumen. Es war, als hätte sich die Zeit fortgestohlen und alles, was sie zurücklassen wollte, waren zwei Gestalten, die wortlos auf den seichten Nebel blickten. Sophia spürte, wie die Traurigkeit in ihr erwachte. Sie war sich nicht sicher, ob sie das, was der Geist gesprochen, auch verstanden hatte, doch lag in all den Worten etwas Vertrautes.

»Ich habe auch jemanden verloren«, flüsterte sie.

Die Gestalt drehte sich zu ihr, noch ganz umschlungen vom Bann des Sees.

»Ist der, den ihr einst geliebt von euch gegangen?«

»Mein Papa ist fort«, erklärte Sophia. »Ich hatte ihn auch sehr lieb.«

Da wurde der Geist auf einmal kleiner, sein Kopf schwebte nur noch knapp über dem Boden, so dass sie ihn direkt vor sich sah.

»Dann wisst ihr ja, wie das ist«, erwiderte der Kopf und deutete auf das Gewässer. »Dort hat er mich verlassen, der See hat ihn mir genommen.«

Mit großer Wucht krachten seine Nebelfäuste auf das Wasser und verloren sich auf seiner dünnen Oberfläche in ausschweifenden Dunst, ohne auch nur eine Regung zu hinterlassen.

»Verteufelt seiest du, elend Nass«, schrie er wütend.

Sophia hielt sich einen Moment zurück. »Ich bin auch oft traurig«, gab sie ihm schließlich zu verstehen.

»Dann haltet auch ihr Wacht?«, fragte der Geist.

»Dunkelwacht«, hallte es aus der Ferne.

Sophia schüttelte den Kopf. »Nein, ich muss ja immer in die Schule gehen. Und manchmal kommt Frau Klein zu mir.«

»Besucht hat mich schon lange niemand mehr. Ich schein vergessen, so wie dieser Ort.« Der alte Geist versuchte seine Tränen aufzufangen, aber sie fielen einfach durch ihn hindurch. Er versuchte es wieder und wieder. »So fließt mir die Trauer durch die Hand. Spür keine Seele innerlich. Fühl wie Winterhauch auf Wüstensand.«

Sophia trat näher ans Ufer.

»Wenn ich ganz traurig bin, schaue ich mir Bilder von Papa an, dann geht es mir manchmal besser. Hast du denn keine Bilder?«

»Ich habe Erinnerungen. Doch sie folgen der Zeit und verblassen von Tag zu Tag, deshalb verweile ich und halte Wacht.«

»Dunkelwacht«, flüsterten die Bäume ringsum.

»Du bewachst deine Erinnerungen?«, erwiderte sie, als sie abermals versuchte, den Geist zu berühren.

»Erinnerungen sind alles, was ich noch habe«, gab er ihr zu verstehen, »wenn sie schwinden, so schwinde auch ich.«

Sophia wusste nicht recht, was sie antworten sollte. Sie hätte den Geist jetzt gerne gestreichelt oder in den Arm genommen, doch konnte sie ihn ja nicht greifen.

»Vielleicht bist du woanders aber nicht so traurig«, rief sie ihm tröstend entgegen.

Der Geist schluchzte. »Ich kann meinen Liebsten nicht verlassen. Meine Gedanken, sie sind gebunden an diesen Ort. Altes Gewässer. Ich muss es wachen!«

»Dunkelwacht«, ertönte es.

»Du kannst mit zu mir kommen«, schlug sie vor, »doch du musst leise sein. Mama mag es nicht, wenn ich Fremde mit nach Hause bringe.«

Erneut beugte sich die Gestalt zu ihr hinab und sah sie beschämt an.

»Ich kann meine Wacht nicht niederlegen. Der

Schmerz hält mich zurück.«

Sophia überlegte eine Weile.

»Du kannst doch auch woanders wachen. Du könntest bei mir im Schrank wohnen. Er ist auch sehr alt, musst du wissen.«

»Meine Erinnerungen werden schwinden«, mahnte der Geist und schaute verängstigt um sich.

»Aber«, lenkte Sophia ein, »wenn dir die Erinnerungen so wichtig sind, dann kannst du sie ja mitnehmen.«

Der Geist beruhigte sich allmählich. »Ihr meint, sie sind nicht an diesen Ort gebunden?«

»Nein, sie sind in dir, dann ist es egal wohin du gehst. Sie kommen immer mit.« Sie streckte dem Geist ihre Hand entgegen.

»Vielleicht sprecht ihr die Wahrheit.«

»Wir können auch Kekse essen. Frau Klein backt sie, und manchmal gibt es Milch dazu, aber eigentlich mag ich sie nicht besonders.«

Sophia merkte, wie sich plötzlich Ruhe breit machte. Die wispernden Bäume verstummten zusammen mit dem Rauschen ihres Astgewirrs. Die Gedanken des Geistes schienen sich neue Wege zu bahnen. Er flüsterte seltsame Worte vor sich hin, die Sophia nicht verstand. Das Plätschern der Tränen hatte nachgelassen, und das Gewässer lag nun reglos zu ihren Füßen.

»Ich habe über eure Worte nachgedacht.«

Sophia nickte und wartete gespannt auf eine Antwort.

»Sie wiegen nicht so schwer wie Dunkelwacht«, sprach er demütig.

Erneut reichte Sophia dem Geist ihre Hand, und

obwohl sie wusste, dass er sie niemals berühren könnte, war sie sehr froh, als dieser nach ihr griff und sie mit seinen Dunst umschloss.

»Ihr sprecht recht weise, für ein so kleines Wesen. Ich werde es wagen, euch Glauben zu schenken.«

In diesem Moment tobte und raschelte es ringsumher, und die vielen Bäume, die sich dicht und starr gereiht über den See gebeugt hatten, streckten allesamt ihr Geäst in den Himmel. Der See lichtete seinen Schleier. All der Nebel flüchtete sich hinter die Bäume zurück. Nichts schien nun noch an sein finsteres Geheimnis zu erinnern.

»Kommst du mit mir?«, fragte Sophia.

Der Geist blickte anmutig über den See, der bis vor Kurzem noch so unabdinglich den Bund der Trauer mit ihm gehalten hatte.

»Ich fühle mich durchströmt von Leichtigkeit«, sprach er erfreut und beugte sich erneut zu Sophia hinunter. »Seid nicht traurig, aber ich werde nicht mit euch gehen können. Zu lange habe ich in Wacht gelebt.«

»Das kann ich verstehen«, antwortete sie enttäuscht, auch wenn sie sich insgeheim für den Geist freute.

»Nehmt diese an euch, ich möchte sie euch schenken«, sprach der Geist, und ein letztes Mal weinte er zwei blaue Tränen, die sich ganz sachte in Sophias kleine Hände niederlegten.

Schweren Herzens suchte sie nach Worten des Dankes, als sie plötzlich von einer tiefen Müdigkeit heimgesucht wurde. Die Beine ganz schwer, folgten ihre Augen dem Wunsch nach Schlaf ohne Widerstand. Ihr letzter Blick galt der nebeligen Gestalt, die nun friedvoll den aufgeweckten Bäumen entgegenschwebte und weit hinter ihnen in der Ungewissheit verschwand. Dann wurde es finster um Sophia, und mit einem zufriedenen Lächeln verließ sie diesen Ort. Dunkelwacht ward nie wieder gesprochen.

VI

Ganz in Gedanken versunken streckte Sophia die Nase in den lauen Frühlingswind. Der Tau lag noch schlummernd auf all dem Grün, welches von den Sonnenstrahlen zum Erwachen gebeten wurde. Sie konnte die Nässe des Grases durch ihre Schuhe spüren. Wie lange sie hier schon gestanden hatte, war ihr nicht bewusst, sie hatte weder Zeit noch Raum im Sinn. Ihr Blick hing wie gefesselt an einem braunen Fichtensarg. Es brauchte sechs starke Männer, um ihn zu tragen, und ebenso sechs starke Männer, um ihn langsam in ein riesiges Loch zu seilen. Erst als der hölzerne Kasten gänzlich im Erdboden verschwunden war, begriff Sophia, was dieses Ereignis für ihr zukünftiges Leben bedeutete. Ihr Vater war fort.

Ein Mann, der der Kirche angehörte, sprach beruhigende Worte. Er sprach von Gott, seinem Kind und von Erlösung, jedenfalls waren das die Wörter, die Sophia noch vernommen hatte. Um sie herum standen Menschen, allesamt in Schwarz gekleidet, und jeder von ihnen warf eine Hand voll Erde in das große Loch dort vor ihr. Die meisten von ihnen hatte sie zuvor noch nie gesehen, und einige waren ihr aus der Nachbarschaft bekannt.

Als Sophia an diesem Tag das Haus betrat, in dem sie bis vor kurzer Zeit noch alle glücklich zusammengelebt hatten, spürte sie tiefgrabende Kälte. Sie strahlte von den Wänden, von der Decke und dem Boden, durchdrang ihr kindliches Sein, in all ihrer Unschuld und Unwissenheit. In dieser Nacht hatte sie nicht geschlafen, nicht geträumt, nicht einmal gedacht. Sie hatte auf ihrem Bett gelegen und an die Decke gestarrt. Fortan war jede Nacht ein neues Leben für sich. In der Finsternis mehrten sich die Fragen, brachten ihr den Zweifel und die Angst vor Ungewissheit, mit großer Leere in die Zukunft. Die Welt hatte ihren Zauber verloren. Das Essen schmeckte fad, jede Bewegung schien ihr überflüssig und lähmend zugleich, selbst ihren Puppen vermochte sie kein Leben mehr einzuhauchen. In der Schule saß sie verloren auf ihrem Stuhl und starrte aus dem Fernster.

In der darauffolgenden Woche blieb sie dem Unterricht fern. Stattdessen verpackte sie zusammen mit ihrer Mutter all die Sachen in ihrem Haus in große, braune Pappkisten. Später fuhren riesige Autos vor, und einige starke Männer stiegen aus. Sie verstauten sämtliche Möbel in die Autos und fuhren davon. Nachdem das Haus komplett leergeräumt war, stand Sophia an der Tür und blickte gegen die kahlen Wände.

Ein Haus ist noch lange kein Zuhause, dachte sie und wollte weinen, doch sie konnte es nicht. An diesem Tag fuhren sie aus der Stadt und kehrten ihr für immer den Rücken.

Als Sophia ihre Augen öffnete, fand sie sich auf den harten Dielen ihres Zimmerbodens wieder. Wie war sie hier hergekommen? Sie richtete sich auf und schwankte hinüber zum Fenster, ihre Beine noch ganz schwer. Es begann bereist zu dämmern, und sie bemerkte das Leuchten der Straßenlaternen am Rande des Dunkels.

»Was ist geschehen?«, flüsterte sie, als sich plötzlich aus dem Flur heraus eine Stimme breitmachte.

»Sophia? Bist du wach?«

Sie kannte die Stimme, sie klang alt und dumpf, und schon wenige Sekunden später öffnete sich die Tür, und Frau Klein schielte mit ihrer verkrümmten Gestalt in das Zimmer hinein.

»Kleines, was stehst du dort am Fenster herum?« Mit ihren alten Pantoffeln schlurfte sie über den hölzernen Boden. In der einen Hand hielt sie ein Glas Milch, auf der anderen balancierte sie einen Teller mit Keksen. »Ist alles in Ordnung mit dir?«

Sophia nickte nüchtern. Ihr Blick schweifte verträumt über den Teller mit braunem Gebäck.

»Erinnerst du dich daran, was geschehen ist?«, fragte sie Sophia, die nur mit den Achseln zuckte.

»Ein Mann von der Schule hat dich heute nach Hause gebracht. Er hat mir gesagt, man hätte dich auf dem Boden des Flures gefunden.«

Sophia schwieg und nippte zaghaft an ihrem Glas Milch. Frau Klein schien sichtlich verunsichert.

»Nun, ich werde dich wohl besser schlafen lassen. Wenn du etwas brauchst, weißt du ja wo du mich finden kannst.«

Kopfschüttelnd verließ sie das Zimmer. »Was für ein eigensinniges Kind«, flüsterte sie. »Wenn das mein Heiner noch erlebt hätte.«

Nach kurzer Zeit hörte Sophia die Wohnungstür

zufallen. Sie raffte sich auf, schlenderte ins Bad und versuchte sich die Ratlosigkeit mit einem Klatsch kaltem Wasser aus dem Gesicht zu waschen.

»Wo bist du nur gewesen?«, flüsterte sie dem Mädchen im Spiegel entgegen. Das kalte Wasser brachte ein wenig Klarheit. Sie erinnerte sich an Nebel, an triste Gestalten. Den Geruch von Zigarettenrauch und an schwarze Federn. Bruchstücke von geflüsterten Worten lagen ihr auf der Zunge, und plötzlich verzog sich ihr Gesicht in ernste Miene. Ihre Hände, ganz in den Taschen ihres Kleides versunken, ballten sich, und als sie sie langsam herauszog, spiegelte sich ein blaues Leuchten in ihren weit aufgerissenen Augen.

»Wie kann das sein?«, flüsterte sie, und starrte auf zwei merkwürdige Steine. Eine ganze Weile lang stand sie da, eingehüllt vom blauen Schimmer, und genoss die Stille. Erst als sie es aus der Küche scheppern hörte, blickte sie auf. Ruckartig verschwanden die Steine wieder in ihren Taschen und ließen das Bad in tristem Grau zurück.

Das ist bestimmt Frau Klein, dachte sie und schlich über den Flur, doch schon zwei Atemzüge später erschrak sie urplötzlich und schrie auf. Durch die halb geöffnete Tür konnte sie einen fremden Mann erkennen. Sophia schreckte zurück. Wer war dieser Eindringling? Wie kam er hier herein? Sicher hatte Frau Klein vergessen abzuschließen.

An der Tür vorbei, spähte sie vorsichtig in die Küche hinein. Der Fremde schien sie noch nicht bemerkt zu haben. Er trug seltsame Kleidung. Eine dunkle Hose und etwas, das an ein braunes Jackett erinnerte, hingen nur noch in Fetzen von seiner perlweißen Haut. Er trug keine Schuhe, und seine Füße waren merkwürdig aufgeschwollen. Seine Hände lagen flach auf dem Küchentisch, der Blick starr auf ein kleines, rundes Ding gerichtet, das unmittelbar vor ihm seine volle Aufmerksamkeit erntete.

»Wer bist du?«, hauchte Sophia, und setzte sich dem seltsamen Mann gegenüber.

Der Fremde schwieg. Seine schwarzen Haare hingen trostlos in seine blasse Stirn.

»Kannst du mich nicht verstehen?«

Ein fauliger Gestank machte sich breit, und sie spürte eine schaudernde Kälte, die sich unermüdlich im Raum entfaltete.

Neugierig betrachtete sie das merkwürdige Ding dort zwischen seinen Händen. Eine Art goldenes Medaillon mit einer Kette. Sie erinnerte sich, dass ihre Großmutter auch so eines gehabt hatte.

»Ist das ein Medaillon?«, fragte sie.

»Es ist eine Uhr!«, gab ihr der Mann schließlich mit träger Stimme zu verstehen.

»Und warum starrt du sie so an?«

Der Fremde atmete schwer. »Weil ich Uhren sehr mag, diese jedoch scheint nicht mehr zu funktionieren. Sie ist wohl stehen geblieben, als ich gestorben bin.« Auf einmal ertönte ein dumpfer Knall, und das Licht in der Küche erlosch. »Ah, das tut gut. Dieses grelle Leuchten war mir unerträglich.«

»Du bist tot?«, erwiderte Sophia überrascht. »Aber du sitzt doch vor mir, wie kannst du dann tot sein?«

»Ich weiß es nicht«, antwortete er ratlos. »Ist das

nicht erstaunlich?«

»Ich glaube ich träume!« Sophia rieb sich die Augen, als der Fremde plötzlich anfing zu kichern.

»Traum. Wirklichkeit. Habt ihr euch nicht schon einmal gefragt, warum etwas, das nicht wirklich scheint, sich dennoch so wirklich anfühlt?« Er nahm seine Uhr und drehte willkürlich an einem Rädchen. »Und warum Träumen wir alle so unabdinglich in diese Wirklichkeit?«

Sophia lächelte verlegen. Noch nie fühlte sie sich einem Fremden so vertraut.

»Wie bist du gestorben?«

»Ich, ich kann mich nicht erinnern«, grummelte er und drehte weiter an seiner Uhr. »Mein ganzes Leben habe ich damit verbracht, Uhren zu bauen. Doch die Uhr misst nicht den Wert der Zeit. Sie nährt nur den Schnellsinn, gibt einem Auskunft darüber, wie spät oder früh man dran ist.«

Vorsichtig legte er die Uhr zurück auf den Tisch.

»Ach, hätte ich doch Uhren gebaut, die einem zeigen, dass gerade dieser Moment der Wichtige ist«, schluchzte er.

Sophia betrachtete sein aufgedunsenes Gesicht. Er schien sichtlich mitgenommen zu sein von dieser Erkenntnis.

»Ich habe keine Uhr«, gab sie ihm zu verstehen. »Aber meine Mama hat eine. Sie muss nämlich immer pünktlich bei der Arbeit sein.«

»Nun, dann kennt ihr das ja«, erwiderte der Fremde und wischte sich mit einer Hand durch sein blasses Gesicht. Für einen Augenblick schwiegen sie sich an.

Nur zögernd konnte sich Sophia der Frage in ihr Raum verschaffen.

»Tut es weh, wenn man stirbt?«

Der seltsame Mann kehrte einen Moment lang in sich und runzelte die Stirn.

»Ich kann mich nicht erinnern. Ist das nicht erstaunlich?«

»Mein Papa ist auch gestorben, er hat immer gesagt, dass der Tod nichts ist, wovor ich Angst haben muss.«

»Das musst du auch nicht«, räumte er ein. »Ich habe im Tod so manches fürs Leben lernen dürfen.«

»Was kann einem der Tod schon beibringen?«, fragte sie mit traurig zitternder Stimme.

Da lachte der Fremde.

»Ihr stellt viele Fragen. Das wird wohl damit zu tun haben, dass ihr noch sehr jung und voller Leben seid.«

»Jetzt, wo ich tot bin, begreife ich, dass sich einem die wahren Momente im Leben nur dann offenbaren, wenn man um ihre Vergänglichkeit weiß.«

Nüchtern neigte er seinen Blick.

»Warum bist du dann so traurig? Du weißt doch so viel.«

Da fing der Mann mit den zerfetzten Kleidern und den dunklen Haaren an zu weinen.

»Ich habe im Leben mehr als tausend Blumen gesehen, aber nie etwas dabei empfunden«, schluchzte er. »Ich gab ihnen nur einen flüchtigen Augenblick.« Wieder drehte er an seiner Uhr. »Wisst ihr, ich habe mich oft gefragt, warum ich noch hier bin, in der Welt der Sterblichen.«

Sophia überlegte eine Weile.

»Es kann doch sein, dass man dir ein bisschen Zeit zurückgegeben hat.«

»Ihr meint, die Zeit kann jetzt wieder vorübergehen?«

Sophia nickte.

»Das würde ja bedeuten, dass dieses Leben wieder vergänglich wäre.« Da strahlte der Fremde. »Ihr könntet recht haben. Ihr seid sehr klug für jemanden, der noch am Leben ist«, räumte er ein.

Sophias Augen strahlten einen Moment lang und sie lächelte verlegen.

»Wenn du magst, kannst du eine Zeit lang bei mir bleiben. Ich zeige dir Fotos von meinem Papa. Vielleicht siehst du ihn ja bald, dann kannst du ihm sagen, dass ich ihn lieb habe.«

»Das ist sehr nett von euch, aber ich werde lieber aufbrechen. Ich weiß nicht, wie viel Zeit mir noch bleibt, und ich möchte sie dieses Mal den Blumen schenken.«

»Das kann ich verstehen«, antwortete sie und starrte auf den Boden. Nur einen kleinen Moment lang verharrte sie in ihren Gedanken, und als sie sich dem Fremden erneut zuwenden wollte, war dieser plötzlich verschwunden. Auf dem Tisch lag nur noch seine alte Uhr.

»Wo bist du hin?«, rief sie, sprang von ihrem Stuhl und rannte durch die Wohnung, auf der Suche nach dem seltsamen Eindringling. Sie fand ihn nicht, und so hechtete sie den großen Flur hinunter. »Du hast deine Uhr vergessen!«

Ihr Rufen zerstreute sich in der Dämmerung, der

Fremde war nirgends zu sehen. So schnell wie er gekommen war, war er auch wieder verschwunden. Nur vereinzelt stolzierten Menschen über den Asphalt, doch keinen von ihnen schmückte perlweiße Haut. Sophia dachte an seine Worte und an die Uhr, die an einem ganz bestimmten Augenblick stehen geblieben war, und plötzlich stand auch sie ganz still, atmete ruhig und beobachtete andächtig das Treiben um sich herum. Abseits der Straßen schien ihr nunmehr alles wirklicher. Das wenige Gras, das sich durch Stein und Asphalt geblüht hatte, erntete ihre volle Bewunderung. Den dunkel gekleideten Menschen mit ihren Taschen unter dem Arm schenkte sie ein Lächeln. Dass dieses nicht erwidert wurde, störte sie nicht, sie freute sich lediglich, es ihnen gegeben zu haben.

VII

Aus Frau Kleins Fenster strahlte Licht. Sophia erkannte die gekrümmten Umrisse einer alten Frau, die neugierig auf und ab stolzierte. Sie konnte Frau Kleins Blicke förmlich spüren. Schon seit sie aus dem Haus gerannt war, fühlte sie sich beobachtet. Der seltsame Fremde war fort, und ebenso ihre Mutter. In diesem Augenblick wünschte sie sich mit ihr zusammen in der Küche zu sitzen, um ihr von all den merkwürdigen Ereignissen der vergangenen Stunden zu erzählen. Betrübt von der Erkenntnis, dass Zuhause niemand auf sie warten würde, setzte sie sich auf eine kleine Bank, die abseits des Gehweges, eingepfercht von allerhand Grünzeug, einen Platz gefunden hatte.

Sophias Gedanken kreisten um ihren Vater. Wenn es still um sie herum wurde, konnte sie ihn manchmal hören. Keine lauten Stimmen, eher ein sanfter Hauch. Es reichte jedoch aus, um ihr bewusst zu machen, dass er noch nicht vollkommen aus ihrem Leben verschwunden war. Vielleicht wachte er gerade in diesem Augenblick über sie, blickte herab und legte seine schützende Hand über ihren Kopf. So hatte er es immer getan. Es gab keinen anderen Ort auf der Welt, an dem sie sich so sicher und geborgen gefühlt hatte, wie in seinen Armen. Die Minuten vergingen. Nacheinander erloschen die Lichter im Haus, und mit ihnen die Hoffnung auf die wohltuenden Worte ihres Vaters.

Mit trauriger Miene erhob sie sich vom kalten Stahl der Bank. Da horchte sie plötzlich auf. Ganz dicht bei sich hörte sie ein tiefes Knurren und Fletschen, das ihr durch Mark und Bein kroch. Aus den Augenwinkeln heraus erblickte sie einen merkwürdigen Schatten. Sophia erschrak, als sie erkannte, dass sich eine Vielzahl von kleinen und großen Spitzen aus ihm herausgebohrt hatte. Mit weit aufgerissenen Augen blickte sie in die scheußliche Fratze der Kreatur, die sie mit bloßem Blick an Ort und Stelle fesselte. Das Wesen reichte ihr gerade einmal bis zum Bauch, doch schien es sie in diesem Moment an Größe zu übertreffen. Kräftig hielt es sich auf seinen vier gekrümmten Beinen, sein Körper war über und über mit dunklen Stacheln bestückt, die unwillkürlich aus ihm herausgewachsen waren. Es hatte keinerlei Augen. Nur eine Vielzahl spitzer Zähne gab zu erkennen, dass es sich um sein Haupt handeln musste, das er sabbernd hin und her schwenkte.

Sophia schloss die Augen, und blieb festgewurzelt auf diesem Stückchen Erde, bis sie schließlich den kalten Atem der Kreatur auf ihrer Haut spürte und sein fauliger Gestank sich in ihre Nase bohrte.

»Bitte verschwinde!«, flüsterte sie unentwegt.

Sie merkte, wie sich sein Schatten förmlich um sie drehte, als wolle er jeden Millimeter ihres Daseins mit drohendem Unheil verschlingen. Da drängte sich ein vertrautes Flüstern in ihr Ohr.

»Fürchte dich nicht, mein Herz.«

Es gab keinen Zweifel. Hatte sie sich doch so sehr nach seinen Worten gesehnt.

»Papa!«, rief sie in die Dämmerung, als der grausige Schatten sich erneut zeigte. Auf der anderen Straßenseite fletschte er seine spitzen Zähne. Dieses Mal jedoch kam er nicht näher. Wie ein Tiger lauerte die Kreatur auf samtenen Pfoten. Erst als es Sophia auf sich zukommen sah, setzte es seine Schritte, hielt aber stets Abstand von ihr, ohne sie dabei zu verlieren. Sie bemerkte, dass der finstere Schatten sie aufforderte, ihm zu folgen.

»Hab keine Angst!«, hörte sie es flüstern, und sie beschleunigte ihre Schritte. Der Schatten hatte sie in seinen Bann gezogen und ihre Neugier geweckt. Er führte sie die große Straße hinab auf ihren Schulweg, den sie jeden Morgen mit bitteren Erwartungen entlang lief. In der Ferne zeigten sich bereits die grauen Betonbauten, als die stachelige Gestalt plötzlich in einen schmalen Sandweg abbog, der sich abseits aller ihr bekannten Wege im Dunkeln verlor. Sophia stoppte augenblicklich. Ihre Augen waren an die Dunkelheit der letzen Tage gewohnt, doch dieser Weg wollte sich nicht zu erkennen geben. Es war, als hätte ihn jemand hinter einem schwarzen Vorhang versteckt.

»Glaube, mein Herz!«, ertönte es um sie herum.

Sophia blickte weiter in die Finsternis. Wie aus heiterem Himmel entzündete sich eine Reihe von Laternen, allesamt mit Kerzen bestückt. Schritt um Schritt entflammten die Lichter entlang des schmalen Weges. Ein weiter dunkler Korridor, der ihr von allen Seiten sein dichtes Dornengestrüpp entgegenstreckte.

»Papa?«, schrie sie erneut.

Die spitzen Dornen bohrten sich durch ihre Kleider und hinterließen tiefe Kerben in ihren Armen und

Beinen. Immer deutlicher hörte sie das Fletschen und Knurren. Sie wusste, dass sie dem Schatten dicht auf den Fersen war. Der stachelige Pfad schien kein Ende zu nehmen, und je weiter sie kam, umso dichter verzweigte sich das Gestrüpp um sie herum. Immer wieder blickte sie zurück, konnte die grauen Bauten aber nicht mehr erkennen. Für einen Moment dachte Sophia daran, sich verirrt zu haben. Sie sollte glauben, hatte ihr Vater gesagt. Was hatte er damit gemeint? Woran sollte sie hier, inmitten all der spitzen Dornen, glauben?

Traurig blickte sie auf das Gestrüpp. Da fingen die Laternen plötzlich an, wie wild zu flackern. Große eckige Felsbrocken fielen von oben herab. Stück um Stück stapelten sie sich in die Höhe und versperrten ihr den Weg. Was geht hier vor sich?, dachte Sophia, als sie merkte, dass die seltsamen Steine sich zu einer riesigen Wand formten. Grüner, pelziger Moos bedeckte den kalten Fels und zeugte von einer beständigen Dauer. Als die Laternen um sie herum vollkommen erloschen waren, starrte sie auf einen winzigen dünnen Schimmer, der sich angestrengt unter eine hölzerne Tür am Grund der Mauer hindurchpresste.

Hier, am Ende des Dunkeln und der grünen Wand, war es nichts weiter als ein schmaler Zugang, der Sophia von dem trennte, was sie nun tief in sich zu fürchten spürte.

»Dort drinnen muss es sein«, flüsterte sie pochenden Herzens.

Ihre kleinen Finger zitterten, als sie sich um einen morschen Türknauf legten. Ein Ruck, und es war getan. Unter lautem Knartschen stemmte sich die Tür allmählich auf.

Sophia atmete tief. Entgegen all ihrer Zweifel überschritt sie die Schwelle und ließ den dornigen Pfad hinter sich.

»Wo bin ich hier?«, flüsterte sie.

So einen Ort hatte sie zuvor noch nie gesehen. Von oben herab baumelte ein großes Licht, das, von einer dicken Eisenkette gehalten, hin und her schwankte, und versuchte, sich gegen die endlose Finsternis zu behaupten. Es gab keinen sichtbaren Boden, eine Decke, oder Wände, trotzdem spürte sie unter ihren Füßen einen sicheren Halt. Es war ihr, als würde weder Raum noch Zeit hier Einlass finden.

Zaghaft setzte sie einen Schritt.

»Papa?«, rief sie, als sie erneut das Fletschen und Knurren vernahm.

»Ihr seid hier nicht willkommen!« Die verzerrte Silhouette des stacheligen Wesens schlich sich ihr entgegen.

Sophia schreckte zurück.

»Wo bin ich? Was ist das für ein Ort?«

»Dies ist meine Zuflucht«, knurrte der Schatten, als er sich ihr nun mit seiner ganzen Grausamkeit zeigte.

Voller Entsetzen starrte sie in die sabbernde Fratze der stacheligen Kreatur. Er hatte sich nun ganz dicht bei ihr aufgeplustert und streckte ihr seine spitzen Zähne entgegen.

»Wovor flüchtest du denn?« Die Worte zwängten sich mühsam an ihren zitternden Lippen vorbei. Dreimal schnaubte er ihr seinen stinkenden Atem entgegen.

»Ich flüchte vor den Menschen, ihrem Entsetzen,

dem seelenlosen Starren!«

»Ich bin ein Mensch!«, gab sie zur Antwort.

»Und auch ihr starrt entsetzt. Ihr fürchtet euch, ihr stinkt vor Angst«, keuchte und schnaufte er.

»Aber ich renne nicht weg.«

»Ihr fürchtet euch nicht?«, fragte er verwundert.

»Doch, ich habe Angst, aber das macht mir nichts aus.«

Sophia spürte, wie das Zittern allmählich von ihr abfiel. Sie machte einen weiteren Schritt, als der Schatten schließlich von ihr ließ, und sich ihr gegenüber in den seichten Lichtkegel kauerte.

»Was tust du hier? Bist du ganz allein?«, fragte Sophia und ging weiter auf die Kreatur zu.

»Seit Hunderten von Jahren streife ich nun schon durch diese Welt, stets auf der Suche.«

»Auf der Suche?« Sie wusste nicht recht was sie sagen sollte. »Was genau suchst du denn?«

»Ich suche Sehen, kleiner Mensch. Versteht ihr das?«

»Ich glaube nicht«, antwortete sie verlegen.

»Ihr Menschen, ihr starrt und kreischt. Blickt vorbei oder hindurch. Doch niemand hat die Absicht, mich wahrhaftig zu sehen.«

»Vielleicht denken sie, dass du sie fressen willst, und rennen deshalb vor dir weg.«

»Fressen? Ich glaube kaum, dass sie sehr schmackhaft wären. Nein, so etwas mag ich nicht.«

»Das kann ich verstehen. Frau Klein backt immer Kekse, aber die mag ich auch nicht besonders.«

»Dann wisst ihr, was ich meine!«

Sophia näherte sich ihm mit einem weiteren Schritt.

»Aber was magst du dann?« Ihre Stimme schien nun endgültig von Furcht befreit.

Der Schatten schwieg für einen langen Moment, zögernd hob er schließlich sein Haupt.

»Ich mag es, wenn der Regen am Morgen frisch auf dem Grase liegt, habt ihr es schon einmal gerochen?«

Sophia grinste. In seiner Stimme hörte sie eine beflügelnde Sehnsucht.

»Ja, das habe ich, und ich mag es auch sehr.«

»Dann scheinen wir etwas gemeinsam zu haben!« Für einen Augenblick streckte er all sein Dunkel von sich, als er erneut zu Sophia hinüberpirschte und begann, sie von Kopf bis Fuß zu beschnuppern. Es war ihr, als wolle er sie mit aller Kraft in sich einsaugen. Sie spürte seinen fröstelnden Atem auf ihrer Haut.

»Ihr seid recht mutig für einen Menschen!«

An einer Stelle ihres Kleides verharrte er einige Sekunden.

»Was haltet ihr dort versteckt?«, knurrte er voller Neugier.

Sophia griff tief in ihre Tasche und streckte ihm die bläulich schimmernden Steine entgegen.

»Sie sind wunderschön.« Seine Stimme klang schwer, nach Bewunderung, Wunsch und Verlangen.

Sophia merkte, dass er sein Haupt nicht von ihnen lassen konnte.

»Wenn du sie so sehr magst, dann schenke ich sie dir.«

»Ihr, ihr wollt mir ein Geschenk machen?«, fragte er verwundert und schreckte zurück.

»Ja, du kannst sie gerne haben!«

Misstrauisch beschnupperte er ihre Hand.

»Es ist in Ordnung, du kannst sie nehmen«, beruhigte sie ihn.

Da umhüllte der Schatten ihre kleinen Finger, und die blauen Steine verloren sich in seiner Finsternis.

»Wie kann das sein?«, knurrte er voller Dankbarkeit. »Noch nie hat mir jemand ein Geschenk gemacht.«

Er schnaufte und schüttelte sich, als mehrere blaue Tränen von ihm fielen.

»Was ist das für eine Teufelei?«

»Es sind Tränen«, erwiderte Sophia.

»Das also sind Tränen!«

Der Schatten stand ganz still und erfreute sich an diesem neuen Umstand. Sophia konnte deutlich erkennen, dass die beiden leuchtenden Steine sich dort oben in sein Haupt eingenistet hatten. Sie breiteten ihren blauen Schimmer ins Dunkel hinaus.

Zwei Augen, die gelernt hatten zu strahlen.

Eine ganze Weile sahen die beiden einander an.

»Ich danke euch, kleiner Mensch. Nun kann ich weinen, wenn ich Schönheit sehe.«

Sophia nickte.

»Möchtest du vielleicht mit mir kommen? Du könntest unter meinem Bett wohnen, dort ist es sehr dunkel und grausig. Es würde dir dort sicher gefallen.«

»Das ist sehr großzügig von euch.« Die dunkle Kreatur streckte und rekelte sich. »Doch möchte ich nun lieber umherziehen und Schönheit sehen.«

»Das kann ich verstehen«, gab sie nüchtern zur Antwort.

Der Schatten kehrte ihr den Rücken zu und pirschte

stolzen Schrittes dem fernen Dunkel entgegen. Mit hell leuchtendem Blick schaute er ein letztes Mal zu Sophia hinüber.

»Wer hat dort draußen zu euch gesprochen? Ich vernahm eine Stimme. Sie sprach aus tiefstem Innern.«

»Du hast sie auch gehört?« Sophia schaute verwundert und erfreut zugleich.

»Ja, das habe ich.«

»Das war mein Papa, er ist schon lange fort, aber manchmal spricht er zu mir.«

Der Schatten schwieg und knurrte schweren Herzens vor sich hin. Erst nach einer Weile des Verharren sprach er erneut zu ihr.

»Ihr habt es sehr gut. Er muss euer Wesen erfasst und euer Herz erobert haben. Nur so gelingt es, zu jemanden zu sprechen, wenn man bereits gegangen ist.«

Sophia blickte in die strahlenden Augen der scheußlichen Kreatur und fing an zu weinen.

»Danke, dass ihr mich gesehen habt«, knurrte er und verschwand für alle Zeiten in der endlosen Weite der Finsternis.

Sophia blieb zurück und winkte dem Schatten hinterher, als sich eine Tür so schlagartig öffnete, wie sie zuvor zugefallen war. Frei von Angst, Zittern und hastigem Herzschlag verließ sie die Zuflucht des grausigen Schattens und machte sich, erfüllt von gleichermaßen Freude und Traurigkeit, abermals auf den Heimweg. Die Kerzen leuchteten ihr den Weg entlang des schmalen Korridors. Das dornige Gestrüpp lag nun flach zu ihren Füßen. Müdigkeit hatte sie heimgesucht, und sie sehnte sich nach ihrem Bett, der warmen Decke und vertrauter Umgebung.

»Papa hat zu mir gesprochen«, flüsterte sie und lächelte froh.

VIII

Zu dieser späten Stunde war es im Treppenhaus schon immer sehr still gewesen. Sophia dachte an Frau Klein und fragte sich, ob sie wohl den ganzen Abend auf gewesen war und auf sie gewartet hat. Vielleicht hatte sie sich sogar in ihr Zimmer geschlichen, um nach ihr zu sehen. Als sie schließlich vor Frau Kleins Tür stand, hielt sie für einen Moment still. Zwar empfand sie ihre Gesellschaft auf Dauer als sehr anstrengend, doch in diesem Augenblick war ihr die Einsamkeit kein Freund. Zaghaft klopfte sie und horchte, ob sich dort hinter der Tür jemand regte, doch außer dem Heulen der kalten Luft, die sich durch sämtliche Öffnungen des Treppenhauses zwängte, konnte sie keinen Laut vernehmen.

Erschöpft von all den seltsamen Ereignissen, lief sie dem Verlangen nach einem warmen Bett und erholsamen Schlaf entgegen. Zu lange hatte sie keine Nacht mehr in Ruhe verbracht, und gerade als sie die Wohnungstür öffnen wollte, machte sich ein hallendes Jaulen im Treppenhaus breit. Sophia lauschte aufmerksam. Der Wind konnte es nicht sein, er spielte eine andere Musik, klang beständiger in seinem haltlosen Tosen. Dieses Jaulen hatte etwas Flehendes. Es war ihr, als würde es sich von weiter oben her einen Weg die Treppen hinunterbahnen. Zwar hatte sich die Müdigkeit schon merkbar auf ihre Augen niedergelegt, doch ihre Neugier überwog auch dieses Mal und drängte sie Schritt für Schritt die Stufen hinauf. Ganze zwei Stockwerke hatte sie bereits hinter sich gelassen. Ihr wurde bewusst, dass sie zuvor noch nie hier oben gewesen war. Das Jaulen ertönte nun immer klarer, und schon wenige Stufen später gab es sich schließlich zu erkennen. Dort, am Ende all der Stufen, drehte sich eine graue Katze vehement im Kreise und jaulte mit gestrecktem Kopf gegen die Decke des Hauses.

»Hallo!«, flüsterte Sophia überrascht und gleichermaßen erfreut. Viele Katzen hatte sie in dieser Gegend noch nicht gesehen, jedenfalls schienen sich ihre Wege bislang noch nicht gekreuzt zu haben.

»Hast du Hunger?« Sie streichelte das zutrauliche kleine Wesen, und es hatte den Anschein, dass ihm Nähe nicht fremd war. Es machte keinerlei Anzeichen von schreckhaften Bewegungen, sondern schnurrte sich an Sophias Beinen entlang, den Blick nicht von der Decke weichend.

»Was ist denn dort?«, flüsterte sie und hielt Ausschau nach allem Möglichen, das die Aufmerksamkeit ihres kleinen Freundes so vehement an sich zog. Und tatsächlich! Von der Decke baumelte eine dünne Schnur, kaum länger als Sophia groß war. Sie balancierte angestrengt auf ihren Zehenspitzen, um die Schnur greifen zu können, doch sie war einfach zu klein. Erst als ihr schnurrender Begleiter sich auf das dünne Treppengeländer flüchtete, kam ihr schließlich die rettende Idee. Zwar bot ihr das Geländer nicht sonderbar viel Halt, doch hatten sich ihre Beine nunmehr an unsicheren Grund

und Boden gewohnt. Einen waghalsigen Sprung später, baumelte ihr ganzer Körper an diesem seltsam starken Faden. Unter lautem Rumpeln öffnete sich eine kleine Luke in der Decke. Hölzerne Stufen ratterten hervor und donnerten auf den staubigen Flurboden. Mit schnellen, doch gleichermaßen anmutigen Sprüngen huschte ihr kleiner Freund die Stufen hinauf.

»Warte«, rief Sophia, die, immer noch ganz aus der Fassung von dem lauten Knall, auf dem kalten Boden des Flures saß und sich den Staub von ihren Armen klopfte, »wo willst du denn hin?«

Ein Schwall eiskalter Luft preschte ihr aus dem riesigen Loch entgegen, die Luke schien schon seit einer ganzen Weile nicht mehr geöffnet worden zu sein.

»Komm zurück!«, rief sie, als sie die wackeligen Stufen hinaufkletterte, und je weiter sie kam, desto eindringlicher legte sich die kalte Luft um ihren dünnen Hals.

Hier oben roch es ebenso modrig wie schon in Frau Kleins Wohnung, nur, dass es dort heller gewesen war. Von den dicken Dachbalken herab hingen unzählige Spinnweben. Graue seidene Schleier, die, von den immer wiederkehrenden Luftströmen zart berührt, hin und her schwankten. Ein schwaches Leuchten trat von den schrägen Deckenplatten und drängte sich in den Raum hinein. Sophia staunte nicht schlecht, als sie erkannte, dass es sich um eine unüberschaubare Menge von winzigen Glühbirnen handelte. Es schien, als hätte sie jemand der Reihe nach und mit großer Sorgfalt in den Giebel gedreht, um diesen so hinter tausenden von ihnen versteckt zu halten.

»Hallo«, rief sie und hoffte auf ein Jaulen oder Maunzen. »Hab keine Angst. Ich bin es, Sophia.«

Ihr kleiner pelziger Freund musste sich hier oben irgendwo versteckt haben.

»Das seid ihr!«, ertönte es plötzlich aus der Ferne. »Ich habe euch bereits erwartet.«

Eine tatternde Stimme kroch sich an den Glühbirnen entlang und pflanzte sich in ihr Ohr.

»Wer ist da?« Mit großen Augen starrte Sophia ans Ende des Dachbodens.

»Ihr seid Sophia!«, rief die Stimme mit großer Zuversicht.

»Ja, das bin ich«, antwortete sie und setzte behutsam einen Schritt vor den nächsten. Der Boden unter ihren Füßen funkelte in den unterschiedlichsten Kupfertönen. Ein farbenfroher Staub, der sich wie ein Teppich über den Dachboden gelegt hatte.

»Woher kennst du meinen Namen?«, rief sie der Stimme zu, während sie sich andächtig durch den Staub pirschte.

»Oh, ich habe euch des Nachts schon oft gehört. Wie es scheint, seid ihr im Dunkeln ganz auf euch allein gestellt.«

Sophia horchte gespannt, als ihr plötzlich eine vertraute Melodie aus der hinteren Ecke des Dachbodens entgegen schallte.

»Diese Melodie. Von wem hast du sie?«, fragte sie verwundert.

»Ich habe sie aufgezeichnet. Ihr summt sie im Schlaf!«

Am Ende des Giebels gaben sich allmählich

Konturen zu erkennen. Ein Tisch und jemand, der dort zu arbeiten schien. Und tatsächlich, nur wenige Schritte weiter erkannte Sophia den seltsamen Bewohner des Daches.

Vor ihr stand ein alter Mann, der, gebückt über einen großen bronzenen Tisch, an einer seltsamen Maschine schraubte. Seine schulterlangen Haare waren ebenso weiß wie der Kittel, der ihn kleidete. Neben ihm stand ein großer, runder Behälter aus fadem Metall, aus dem er im Minutentakt kleinere Teile herauszauberte und sie an seine Maschine setzte.

Der bronzene Tisch hatte Sophias Aufmerksamkeit inzwischen gänzlich auf sich gezogen. Er war übersät mit allerhand Kleinzeug. Schrauben, metallene Räder, Federn, Zangen und merkwürdig geformte Glasbehälter schmückten ihn und hüllten ihn über und über in funkelnden Glanz. Am hinteren Rande des Tisches standen kleinere Apparaturen, aus denen es in unregelmäßigen Abständen dampfte und zischte. Aus einer von ihnen ertönte die Melodie ihres Vaters.

»Was ist das alles?«, fragte Sophia, die den Tisch mittlerweile mehrmals umkreist und sich dem alten Mann gegenübergestellt hatte, und als sie ihn näher betrachtete, durchströmte sie für einen kurzen Augenblick ein fröstelnder Schauer. Der Kopf des Alten weckte etwas Unheimliches. Ein tieferer Blick machte es ihr deutlich. Er trug keine Nase, keine Ohren. Selbst einen Mund suchte sie vergebens, und auch die Augen waren nicht zu erkennen. An ihrer Stelle trug er ein merkwürdiges bronzenes Gestell, das zwei riesige violette Linsen fest unter seine Stirn stützte. Ein trompetengleicher Metalltrichter ragte aus seiner linken Gesichtshälfte. Hatte sie dort doch ein Ohr vermutet.

»Woher wusstet du, dass ich komme?«

Voller Bewunderung streifte Sophias Hand über den bronzenen Tisch. Seine glattpolierte Oberfläche fühlte sich an wie der Spiegel, dem sie morgens ihre Grimassen entgegenstreckte.

»Oh, ich war mir ziemlich sicher, denn wer des Nachts umherstreift, wird von vielerlei Orten heimgesucht. Es war nur eine Frage der Zeit, bis ihr hier aufgetaucht wäret.«

»Und was ist mit deinem Gesicht passiert?«, fragte sie.

»Ihr seid voll von Fragen«, erwiderte der Alte nüchtern, und erst jetzt erkannte Sophia, dass die Stimme aus einem kleinen quadratischem Apparat schallte, der gleich hinter ihr an der Wand befestigt war.

»Reicht mir bitte den akronischen Stabilisierungsmechanismus dort vor euch!«, ertönte es aus dem Apparat.

Sophia schaute verwundert drein. »Du kannst sehen?«

»Ich brauche nicht zu sehen«, antwortete der Apparat in einem trockenen Ton, während sich die Hand des Alten zielsicher auf einen Schraubenzieher niederließ, der vor ihm auf dem Tisch seinen Platz gefunden hatte.

»Ich benötige keine Augen, denn ich kenne, was ich liebe. Weiß, wo es ist, was es ist und warum es ist!«

Eher willkürlich als gut bedacht, griff Sophia nach einer metallenen Feder, die mit grell schimmernden Grüntönen auf sich aufmerksam gemacht hatte, und reichte sie dem alten Mann.

»Ja, das ist er«, jubelte die Stimme. »Ihr scheint euch gut auszukennen.«

»Hast du dein Gesicht verloren?«, griff Sophia erneut auf.

»Verloren?«, kicherte der Alte. »Nein, ich habe es nicht verloren. Es ist verschwunden.«

»Ein Gesicht kann einfach so verschwinden?«

»Nein, es ist nicht einfach so verschwunden. Ihr müsst wissen, dass ich nun schon seit sehr langer Zeit hier oben bin. Schraube und drehe, löse und festige, plane und baue. Ich scheine in Vergessenheit geraten zu sein, denn mein Gesicht verschwand von Jahr zu Jahr ein wenig mehr.«

Der Alte trat einen kleinen Schritt zurück, als die große Maschine auf dem Tisch anfing zu dampfen und zu rütteln, und nur wenige Sekunden später schoss ein breites Klirren durch den Dachboden. Einige der größeren Teile waren aus der Maschine gefallen und lagen nun zu Füßen des Alten.

»Verflixt«, schimpfte es aus der Wand.

»Ist sie kaputt, deine Maschine?«

»Nein, nicht kaputt, sie funktioniert nur nicht«, kicherte er nervös.

Erst jetzt konnte Sophia einen tieferen Blick auf den seltsamen Apparat auf dem Tisch werfen. Er sollte wohl eines Tages die Form eines würfelähnlichen Dings annehmen. Zwei große Zahnräder an den Seiten, eines mit einer Kurbel versehen, sollten den Mechanismus im Innern des bronzenen Apparates wohl in Bewegung setzen.

»Was ist das für ein Gerät?«, fragte sie.

Der Alte war immer noch damit beschäftigt, die Einzelteile seiner Schöpfung wieder zusammenzubringen. Im schien es wichtiger, sich um sein Metall zu kümmern, als auf Sophias Frage einzugehen. So ließ er sich viel Zeit, was Sophia aber nicht störte. Wenn sie ins Staunen verfiel, waren ihr Sekunden, Minuten und Stunden kein Begriff mehr.

»Ich baue eine Maschine, welche die Menschen daran erinnert, sich zu erinnern, wenn sie sich nicht mehr erinnern können.«

Sophia schwieg und beobachtete den Alten dabei, wie dieser die eingesammelten Teile voller Inbrunst wieder an die Maschine schraubte.

»Bald wird sie funktionieren«, ertönte es in großer Zuversicht, und für einen kurzen Moment legte er seine Hände nieder, als dem Apparat an der Wand ein sehnendes Schnaufen entfleuchte. »Die Menschen werden sich erinnern. An den großen Erfinder, der ich einst war.«

»Glaubst du, dass dein Gesicht dann wiederkommt?«

»Nun, das erscheint mir doch logisch, findet ihr nicht?«

»Ich weiß es nicht«, gab sie recht ratlos von sich. »Mein Papa ist schon lange fort, aber an sein Gesicht erinnere ich mich sehr gut.«

»Dann solltet ihr das auch weiterhin«, ertönte es im ernsten Ton aus der Wand heraus. »Ihr müsst wissen, dass vergessen einem manchmal nur dann schaden kann, wenn es einem gelingt.«

Der Alte hatte mittlerweile seinen Schraubenzieher

gegen einen Hammer getauscht und krachte diesen mit großer Wucht gegen eine verbeulte Metallplatte.

»Wenn diese Maschine nicht bald funktioniert, werde ich in naher Zukunft ganz verschwunden sein.« Verzweifelt wischte er sich mit einem Lappen über die Stirn. »Die Menschen erinnern sich an große Taten und an die, die große Taten vollbringen«, keuchte er und deutete mit einer Hand in die ihm nahe gelegene Ecke des Dachbodens, während er mit der anderen wieder zum Schraubenzieher griff und mit Eifer vor sich hin schraubte.

»Was ist das dort drüben?«, fragte Sophia.

»Meine früheren Erfindungen. Sie liegen alle dort, in der alten Kiste, sind jedoch schon lange zu nichts mehr zu gebrauchen. All das schöne Metall, die vielen kleinen Teile«, schimpfte es aus der Wand.

Sophia, die sich auf ihre Zehenspitzen stellen musste, um einen Blick auf die bronzen schimmernde Kiste zu werfen, konnte sich nur schwer von der Vorstellung lösen, dass sie die Einzige war, die kleine Dinge so leidenschaftlich aufbewahren würde.

»Ich habe auch eine alte Kiste«, rief sie ihm voller Stolz entgegen.

»Nun, dann kennt ihr das ja«, antwortete die Stimme nüchtern.

Sie spürte, wie sich schwere Gedanken auf den Alten niederlegten und ihn starr werden ließen.

»Schon bald bin ich für immer vergessen«, quälte sich die Stimme aus dem Apparat, der sich von der Wand gelöst hatte und nun zerbrochen auf dem Boden lag.

»Du brauchst dir keine Sorgen machen«, beruhigte sie ihn und stopfte die herausgesprungenen Teile in den kleinen Apparat zurück.

»Ich werde mich an dich erinnern, wenn du fort bist. An den Mann mit den violetten Augen und einer Tröte, wo einst ein Ohr gewesen war. Er hatte auch eine alte Kiste und sammelte kleine Dinge, genau wie ich.«

Da wurde es plötzlich still. Die kleineren Maschinen auf dem Tisch verstummten und hielten ihren Dampf zurück. Ganz andächtig legte der Alte sein Werkzeug nieder und schwieg.

»Was ist mit dir?«, fragte Sophia und zupfte vorsichtig an seinem weißen Kittel.

»Ich, ich spüre etwas«, stotterte er vor sich hin. »Ja, ich spüre, wie sich jemand an mich erinnern wird.«

»Das ist die Lösung all der Rätsel«, jubelte er, »ihr werdet euch an mich erinnern, an den, der ich bin, nicht an das, was ich hervorgebracht habe.«

Sophia rieb sich die Augen. Sie war sich nicht sicher, doch dachte sie unter den großen violetten Linsen ein breites Lächeln erkannt zu haben. Der alte Mann war erfüllt von tiefster Freude, streckte die Arme weit von sich und tanzte auf seinen Beinen auf und ab.

»Ich danke euch, ich danke euch«, schallte es freudsam aus dem Apparat in Sophias Händen. »Ihr seid recht klug für jemanden so jung an Jahren.«

Für einen kurzen Moment verlor sich ihr Blick im bronzenen Staub. Stolz und verlegen zugleich.

»Jetzt, wo es dir besser geht, könntest du doch bei mir wohnen. Ich habe auch viele kleine Dinge in meiner Kiste, du könntest sie bestaunen. Es würde dir sicher gefallen.«

»Oh, das ist sehr nett von euch«, erwiderte er dankbar, »doch werde ich den Erfinder jetzt hinter mir lassen und mich den Menschen zeigen, als der alte Mann, der ich bin.«

»Das kann ich verstehen«, gab sie ihm zur Antwort, und obgleich sie sich für ihn freute, war sie insgeheim ein wenig enttäuscht, hatte sie den komischen Kauz in dieser kurzen Zeit doch sehr lieb gewonnen. Einen stillen Moment lang sahen die beiden einander an, als es auf dem Tisch plötzlich klirrte und polterte.

»Kasimus«, sprach der Alte verwundert, »dass du mich immer so erschrecken musst!«

Sophia schmunzelte und war erfreut, ihren pelzigen Freund letztlich doch gefunden zu haben.

»Was geschieht mit ihm?«, fragte sie und streichelte den Kater, der sich dicht um ihre Beine schlängelte und sich schnurrend an sie schmiegte.

»Nun, wie es aussieht, mag er euch sehr. Es erscheint mir daher nur logisch, dass ihr euch fortan um ihn kümmern werdet.«

»Ich werde gut auf ihn aufpassen.« Ihre Worte waren nunmehr erfüllt von Freude, Dank und Zuversicht, hatte sie sich doch schon so lange einen Gefährten gewünscht. Der Alte jedoch, war mit seinen Gedanken bereits weit von dem entfernt, was ihn umgab. Das glänzende Metall, das ihn in all den Jahren in seinen Bann gezogen hatte und gleichermaßen Leidenschaft wie Fluch gewesen war, schien von seinem Wesen nicht mehr erfasst. Von Aufbruch getrieben verstaute er eine Vielzahl weißer Kittel in einen kleinen Koffer, den er nur mit großer Mühe und unter Einsatz seines ganzen Gewichtes schließen konnte.

»Kasimus, warte!« Sophia erschrak, als sie ihren neuen Freund urplötzlich davonpirschen sah.

Mit den gleichen anmutigen Schritten, mit denen er den Dachboden erklommen hatte, spurtete der Kater zurück zur Luke, durch welche Sophia in die außergewöhnliche Welt des Erfinders aus alten Zeiten Einlass gefunden hatte.

»Ich muss gehen«, rief sie dem Alten mit zitternder Stimme entgegen, als sich ihr Blick schweren Herzens von ihm riss.

Er, der Erfinder, der Mann mit den violetten Gläsern und der Tröte, der fortan Reisende, ihm war, als hätte er dort, am Ende des Dachbodens, eine Luke zufallen hören.

IX

An jedem Morgen erwachen Kinder in allen Teilen dieser Erde. Einige von ihnen öffnen ihre verschlafenen Augen auf weichen Federn, andere auf körnigem Sand und wieder andere auf hartem Asphalt, aber jedem von ihnen wird ein neuer Tag geschenkt. Eine neue Chance, sich all dem Außergewöhnlichen dieser Welt hinzugeben. So hatte Sophias Vater einmal versucht, ihr das Aufstehen zu erleichtern, und auch wenn Sophia sich, nach all dem Erlebten, insgeheim nach ein wenig Gewohnheit sehnte, kam auch sie an diesem Morgen nicht drum herum, sich verwundert die Augen zu reiben.

Als sie sich von ihrem Bett heraus in ihrem Zimmer umsah, standen einige ihrer Sachen in braunen Kartons verpackt an der Wand.

Was ist geschehen?, dachte sie.

»Kasimus, wo steckst du?«, flüsterte sie und streckte sich kopfüber aus dem Bett, um zu sehen, ob der Kater sich dort unten versteckt hatte. Er war nirgends zu sehen.

Ihre Augen waren an diesem Morgen jedoch nicht die einzigen, die sich zu wundern hatten. Ein feiner süßlicher Geruch schwebte urplötzlich in ihre verschlafene Nase und lockte sie zu einem Fest der Genüsse.

Ganz gemächlich kletterte sie aus dem Bett und

schlüpfte in ihre Pantoffeln, als plötzlich auch ihre Ohren erwachten, und auch sie wunderten sich. Eine vertraute Stimme machte sich in der Wohnung breit, doch anders als sonst, war sie dieses Mal von Freude und Gelassenheit geprägt.

»Sophia, bist du wach?«, hallte es durch den Flur.

Für einen kleinen Augenblick hatte Sophia den Gedanken gefasst, in der falschen Wohnung zu sein. Die Kartons in ihrem Zimmer und Kasimus, der nirgends zu finden war, ließen Zweifel aufkommen, doch als sie die Tür zur Küche öffnete, bot sich ihr ein Anblick, den sie schon lange nicht mehr erlebt hatte.

Ihre Mutter stand, mit einer Pfanne in der Hand, vor dem Herd und katapultierte gerade geschickt einen Pfannkuchen in die Lüfte.

»Hallo Schatz«, rief sie. »Hast du ausgeschlafen? Ich habe uns Frühstück gemacht, es gibt Pfannkuchen.«

Erneut rieb Sophia sich die Augen. Ob Traum oder Wirklichkeit, die Pfannkuchen rochen einfach zu verlockend, um weiter zu zweifeln. Auf dem Tisch reihten sich die Leckereien. Verschiedene Sorten Marmelade, Apfelmus und Säfte aus Trauben, Orangen und sogar frisches Obst hatte ihre Mutter eingekauft. Sie schob den Stuhl zurück, und gerade, als sie sich setzen wollte, wich sie überrascht zurück. Es war ihr vorher gar nicht aufgefallen. Kasimus saß vor dem Kühlschrank und schleckte genüsslich Wasser aus einer kleinen Schale. Schweigend sah sie ihre Mutter an.

»Du hast wohl einen neuen Freund gefunden«, schmunzelte ihre Mutter und schleuderte einen der Kuchen in die Höhe.

Pfannkuchen, das letzte Mal hatte sie diese zusammen mit ihrem Vater gegessen, erinnerte sie sich und starrte auf ihren Teller.

An diesem Tag geschah etwas, was Sophia sich insgeheim schon lange gewünscht hatte. Ihre Mutter schien weder von Hektik noch Sorge befallen zu sein und erstrahlte in großer Zuversicht. Sie erzählte von ihrer Arbeit in der anderen Stadt und dass sie schon in den nächsten Tagen umziehen würden, man hatte ihr dort eine neue Arbeitsstelle angeboten, bei der sie nicht so lange arbeiten müsste und dadurch mehr Zeit für Sophia hätte.

Kasimus hatte sich inzwischen schnurrend auf Sophias Schoß niedergelassen und säuberte genüsslich sein Fell.

Schon wieder umziehen, dachte Sophia. Jedenfalls schien ihre Mutter vom Aufbruch sehr angetan und nutzte diesen Frohmut, indem sie den Tag damit verbrachte, weitere Kartons mit Sachen aus der Wohnung zu packen. Immer wieder redete sie auf Sophia ein, in der Hoffnung, sie würde ihr doch noch erzählen, was sie in den letzten Tagen erlebt hatte, aber Sophia schwieg. Sie war sich nicht sicher, ob ihre Mutter all die seltsamen Geschichten glauben würde.

»Liebes, woher hast du diese Uhr?«, fragte ihre Mutter sie am späten Nachmittag.

Sophia schaute verwundert auf das goldene Medaillon. Ahnungslos zuckte sie mit den Schultern, griff sich das alte Stück aus längst vergangenen Zeiten, und verstaute es rasch in der alten Kleiderkiste. Einen Moment lang hielt sie still. So viele Dinge hatte sie hier gefunden.

Einige, die klein waren, doch von großem Wert. Einige, deren Bedeutung noch tief verborgen lag, und Dinge, die man nicht greifbar in einer Kiste verstauen konnte.

Als sie die Fotos ihres Vaters in den Händen hielt, lächelte sie, und legte sie ebenfalls in die Kiste.

»Sophia, hilfst du mir mit den schweren Sachen?«, ertönte es aus dem Schlafzimmer.

Bis in den späten Abend hinein bepackten sie die braunen Kartons. So leer geräumt war es in der Wohnung richtig unheimlich. Kasimus hatte sich schon früh in Sophias Zimmer zurückgezogen und es sich auf ihrem Bett gemütlich gemacht. Auch wenn Sophia sich freute, dass ihre Mutter wieder da war, spürte sie die Anstrengung des Tages. Das Packen und Verstauen wiederbelebter Erinnerungen nagte sehr an ihr, und so war es ihr nur recht, dass die Müdigkeit sie an diesem Abend schon früh gefunden hatte.

»Schlaf gut, Liebes«, flüsterte ihre Mutter und gab ihr einen sanften Kuss auf die Stirn. »Schon bald werden wir es besser haben.«

X

In dieser Nacht war es ihr, als hätte sie unendlich viel erlebt und in all dem Erlebten unendlich viel gefühlt. Kasimus lag, dicht an ihre Füße gekauert, am Ende des Bettes und schlief. Er atmete ruhig und gelassen. Etwas, das Sophia zu dieser Stunde nicht gelingen wollte. Ihr Blick schweifte von einer Ecke ihres Zimmers in die andere. Schon morgen würde sie ihrer Mutter erneut dabei behilflich sein, die restlichen Sachen aus der Wohnung in große Pappkartons zu verstauen. Schon bald würden sie abermals in eine andere Stadt ziehen, eine neue Welt für sich. Sie war sich nicht sicher, was genau sie davon halten sollte. Vielleicht würde sie in einer anderen Stadt Kinder finden, die mit ihr spielen wollten. Vielleicht würde sie einen Lehrer bekommen, der nicht so sehr nach Zigaretten roch und netter zu ihr sein würde. Sie müsste auch nicht mehr so tun, als würden ihr die Kekse von Frau Klein schmecken, auch wenn sie Frau Klein selbst schon vermissen würde, denn auch wenn sie etwas seltsam war, so hatte Sophia sie doch lieb gewonnen. Vielleicht würde es ihnen in einer anderen Stadt wirklich besser gehen.

All die Erinnerungen der letzten Tage schienen sie heute Nacht heimzusuchen, und es vergingen einige Augenblicke, bis ihr schließlich klar wurde, dass sie ihrer Unruhe in all dem Denken nicht entkommen konnte, und so rekelte sie sich vorsichtig aus dem Bett heraus, wollte sie ihren neuen pelzigen Freund doch nicht aus seinem Schlaf zerren. Sie öffnete das Fenster, in der Hoffnung, der große Vogel würde sie aufsuchen, um sie erneut mitzunehmen, und sei es auch nur für einen kleinen Moment, doch der Riese im schwarzen Federkleid blieb fern. Hoch oben, über den Dächern der Nachbarhäuser, hatte der volle Mond mittlerweile seinen Platz gefunden und hüllte die Straßen weit unter ihm in gleißendes Licht, während sich die kalte Nachtluft durch das offene Fenster flüchtete und Sophia in ihrem Nachthemd zum Zittern brachte.

»Du fehlst mir, Papa«, flüsterte sie dem Mond entgegen, und es war ihr, als hätte er ihr in diesem Moment, ganz unscheinbar, einige Tränen auf die Wangen gelegt. Sie hätte ihm so gerne erzählt, welch ungewöhnlich schöne Begegnungen sie in den letzten Tagen gehabt hatte. Und sie dachte an den alten Baum. Schon bald müsste sie auch ihn verlassen.

So kam es, dass Sophia sich in dieser Nacht ein letztes Mal aus dem Hause schlich, um einem alten Freund einen Besuch abzustatten.

Ein warmer Mantel drängte die nächtliche Kälte von ihr. Auf ihrem Weg, vorbei an der alten Mühle, bis hin zum abgelegenen Wald, schien ihr auf einmal alles wirklicher als sonst, und als sie am großen Tor aus Stein angekommen war, hielt sie für einen Moment inne. Sie erinnerte sich an das erste Mal, als sie hier gestanden hatte, an ihre zitternden Knie, dem raschen Herzschlag. Von all dem war nichts mehr zu spüren. Sie lächelte und durchschritt das Tor, vorbei an den Laternen, welche ihr sanftes Licht beständig ins dunkle Dickicht schwenkten. Ein vertrauter Anblick.

»Alter Baum, bist du wach?«

Schon nach kurzer Zeit rekelten sich seine Äste zum Nachthimmel hinauf.

»Wer stört meinen Schlummer?«, knurrte es laut in die Nacht hinein.

»Ich bin es, Sophia.«

»Ah, das Menschenkind.«

In seinen hölzernen Augenhöhlen entzündete sich abermals ein helles Leuchten.

»Was führt euch erneut zu mir?«, knurrte er.

»Ich muss dir etwas erzählen.«

Der Baum schüttelte sich und gähnte ausgiebig.

»Erzählen? Ich habe schon genug erfahren. Ihr habt so mancher Kreatur geholfen, der Wind hat es mir geflüstert.«

»Sie haben mir geholfen!«, gab sie ihm zu verstehen.

Da lachte der Baum.

»So bescheiden. Ich habe es schon bei unserem ersten Treffen gewusst. Ich konnte es in eurem Herzen sehen.«

»Ich bin gekommen, um mich zu verabschieden«, sprach sie mit schwerer Stimme. »Meine Mutter und ich werden fort gehen, wir ziehen in eine andere Stadt.«

»Nun, wenn ein Ort keine gute Erde hat, ist es wohl besser, fortzugehen.« Einige seiner Äste wirbelten etwas Waldboden in die Luft.

»Es bedarf guter Erde, damit Dinge wachsen und Wurzeln sich tief graben können. Tiefe Wurzeln können sich Zuhause nennen.«

Sophia schwieg eine Weile und lauschte dem ruhigen

tiefen Atem des Alten.

»Warum so traurig?«, fragte der Baum.

»Manchmal höre ich Mama weinen. Sie denkt, ich kann sie nicht hören, aber ich höre sie. Ich glaube, sie denkt an Papa.«

Ihr Blick schweifte trostlos über das Meer von Blättern, die rings um sie herum den Boden schmückten.

»Nun, kleiner Mensch. Lange Trauer hüllt das Herz in Trägheit, und Gedanken erstarren«, gab ihr die alte Borke zu verstehen.

»Er ist nicht mehr da. Manchmal tut das weh!«, schluchzte sie.

Der Baum brummte unverständliche Worte vor sich hin, als er Sophia mit einem seiner dünnen Zweige vorsichtig eine Träne von der Wange wischte.

»Seht ihr dieses Blatt?«

Sophia starrte auf den Zweig, an dem nur noch ein einsames Blatt zu sehen war.

»Es ist verdorrt und ohne Leben.«

»Warum hängt es dann noch an deinem Zweig?«, fragte sie und wischte sich die übrigen Tränen aus dem Gesicht.

»Nun, ich habe es sehr gern, es gehört zu mir, und es ist nicht immer einfach, so etwas gehen zu lassen.«

Sophia schwieg und beobachtete das Blatt, wie es sich zaghaft löste und im Wiegen des Windes langsam zu Boden segelte.

»Wirst du es jetzt nicht vermissen?«

»Gewiss! Ich werde es missen, so wie ich alle meine Blätter misse, die von mir gehen.«

»Aber warum lässt du sie dann gehen, wenn sie dir so

viel bedeuten?«

»Das ist eine gute Frage, kleiner Mensch«, lachte er und brummte abermals merkwürdige Laute in die Nacht.

In Sophias staunenden Augen tat sich ganz allmählich ein Funkeln auf. Dort an der Stelle, wo sich das einsame Blatt vor Sekunden gelöst hatte, leuchtete ein grünes Licht.

»Seht!«, sprach der Baum, als sich an seinem Zweig urplötzlich ein neuer Sprössling, ganz unbeschwert, der Welt zu zeigen wagte.

»Damit etwas Neues blühen kann, muss Altes losgelassen werden! So ist es seit jeher, und so wird es immer sein«, lachte der Baum.

»Aber bist du denn nicht traurig? Jetzt, wo dein Blatt fort ist?«, fragte Sophia.

»Gewiss«, brummte der Baum, »in meinem Herzen trauere ich um jedes einzelne Blatt.«

Seine Äste brausten sich in den Himmel und raschelten wild hin und her.

»Doch schon bald werden viele neue Blätter blühen, und sie werden mich mit Freude erfüllen.«

Nun musste auch Sophia lachen. Sie hatte den alten Baum noch nie so ausgiebig tanzen sehen. Er kümmerte sich nicht um Weltensorgen, war eins mit den Winden und allem, was sie mit sich trugen. Sie schloss ihre Augen und schwankte im Rhythmus des Alten hin und her, und es war ihr, als würden die Winde ihr ein Wiegenlied pfeifen und sie in Geborgenheit betten. Zeitlos vergingen friedvolle Momente.

»Ich denke, nun verstehen wir einander,

Menschenkind«, grummelte er, als das Leuchten seiner Augen langsam zu schwinden begann.

»Leb wohl, alter Baum«, flüsterte sie.

»Lebt wohl, kleiner Mensch«, brummte er ein letztes Mal und verfiel in tiefen Schlummer.

Sophia verweilte noch eine ganze Zeit lang im Wald und dachte über die Worte des Alten nach. Am Grabe des schwarzen Vogels blieb sie stehen und legte einen ihrer schönsten Steine, den sie aus ihrer Kleiderkiste rausgesucht hatte, auf den kleinen Erdhaufen. Sie wollte ihm und allen Wächtern dieses Waldes etwas hinterlassen.

XI

Die Straße hinaus aus der Stadt zeigte sich an diesem Tag ebenso menschenleer, wie sie es die meiste Zeit über tat. Ein leichter Regen legte sich auf die Scheiben eines kleinen Autos, das in diesem Moment, im gemächlichen Tempo, an einer alten Mühle vorbeizog. Sophias Blick folgte konzentriert ihrem Zeigefinger, mit dem sie eine scheußlich stachelige Figur auf die beschlagene Scheibe des Beifahrersitzes zeichnete. Kasimus hatte es sich indes in einem Flechtkorb auf dem Rücksitz bequem gemacht und schien sich am Schweigen seiner beiden Mitfahrer nicht sonderlich zu stören.

»Was zeichnest du, Liebes?«, fragte ihre Mutter, als die alte Mühle langsam im Rückspiegel versank.

Sophia schwieg. Sie dachte an den alten Baum, seine Worte und an all das Erlebte in den letzten Tagen. Ihr Herz begann wie wild zu schlagen.

»Mama, ich vermisse Papa«, schluchzte sie und weinte. Es war ihr, als hätten all die verborgenden Tränen der vergangenen Zeit letztlich einen Weg aus ihrem tiefsten Innern gefunden.

Plötzlich verlor der kleine Wagen an Fahrt. Sophia bemerkte, dass ihre Mutter schwer atmete.

»Ich vermisse ihn auch, Liebes«, sprach sie voller Erleichterung und nahm Sophias Hand.

Auf dieser Fahrt in ein neues Leben gab es nun eine

Mutter und ein Kind, und beide waren sich urplötzlich so nahe wie sie es lange Zeit nicht sein konnten. Sophia erzählte ihrer Mutter von dem toten Vogel, dem schwarzen Riesen und von ihrem Lehrer und seinem Gestank. Von dem seltsamen Garten an der Wand. Vom Geist auf dem See und seiner Wacht. Dem fremden Mann in ihrer Küche und seiner Uhr. Dem finsteren Schatten, welchem sie das Weinen schenkte. Sie erzählte von dem Erfinder, an den sie sich noch eine lange Zeit erinnern würde, und von einem alten, brummenden Baum und seinen Käfern, einem Freund, einem Wächter im Stillen.